主编　凌翔　王晓霞

当代作家精品·散文卷

写在爱的季节

傅长胜　著

中国画报出版社·北京

图书在版编目 (CIP) 数据

写在爱的季节 / 傅长胜著 . -- 北京 : 中国画报出版社 , 2023.6
（当代作家精品）
ISBN 978-7-5146-2270-6

Ⅰ . ①写… Ⅱ . ①傅… Ⅲ . ①散文集 – 中国 – 当代
Ⅳ . ① I267

中国国家版本馆 CIP 数据核字（2023）第 073115 号

写在爱的季节

傅长胜　著

出 版 人：方允仲
责任编辑：李聚慧
责任印制：焦　洋

出版发行：中国画报出版社
地　　址：中国北京市海淀区车公庄西路 33 号　邮编：100048
发 行 部：010-88417410　010-68414683（传真）
总编室兼传真：010-88417359　版权部：010-88417359

开　　本：16 开（710mm × 1000mm）
印　　张：13
字　　数：200 千字
版　　次：2023 年 6 月第 1 版　2023 年 6 月第 1 次印刷
印　　刷：三河市中晟雅豪印务有限公司
书　　号：ISBN 978-7-5146-2270-6
定　　价：59.80 元

目　录

第一辑　金陵揽胜

南京梧桐　002
前湖漫步　006
雨后玄武　009
走读城墙　012
钟山毓秀　017
燕子矶　028
半山园　036
美食芦蒿　040

第二辑　往事如昨

母亲　046
雪恋　053
葱之味　056
豆之趣　059
肉之诱　062
话说豆腐　068
遥远的年味　073
我的杏树　077
我的《三侠五义》　082
永远唱在心中的歌　087

杜鹃　092
丑丫　096

第三辑　心灵有寄

写在爱的季节　104
金羽记趣　107
感动的泪水在键盘上流淌　112
说梦　115
盛夏，沁人的草香　118
我爱太阳　121
秋的韵脚　123
冬日随想　125
吃醋　127
敏感　129
情牵葫芦丝　131
笔的絮语　134
水过留痕　139
电话不了情　142

第四辑　如约而至

读书五章　148

过生日　160

一瓶茅台酒　162

我与酒的缘分　166

第五辑　与猫结缘

我爱猫咪　172

家富招猫　175

猫咪的爱情　180

第一辑　金陵揽胜

南京梧桐

说南京，不能不说梧桐树。梧桐树是南京美丽的衣裳，是南京鲜活迷人的标志。看梧桐最好是夏天。夏天的梧桐就像女人在最美丽动人的年华——青春的花期一样，洋溢着迷人的风韵，万般的柔情，人见人爱，沉醉痴迷，至眷至恋，流连忘返。

在国内大城市中，种植梧桐树数量多且历史悠久的当数南京。我没有考证过从什么时候起南京选了梧桐树作为行道树之一，但是如今梧桐树的绿化形成了规模，是天然的制氧植物，造福市民是不争的事实，足以证明当初选择的科学性和富有远见。

南京无处无梧桐，无论你在南京城随便走到哪，它无处不在，无不风姿翩翩，令人神怡。作为行道树它巍峨地生长在路边，为行人遮阳；由于深受南京人的喜爱，它又作为观赏树壮观地长在了公园，长在了庭院，为人们悦目；更为特别的是，有的梧桐甚至长在屋内，当然那屋子是后修建的。当那粗大的树枝从屋顶伸向城市的天空，肥大的树叶随风摇摆的时候，往往成为游客惊叹的独特景观。梧桐树虽然木质松脆，不能作为建材，但是它以旖旎的树形赢得人们的喜爱，找到了为人类服务的位置，真应了那句“天生我材必有用”的名言！

人们称呼梧桐，常常在前面冠以法国二字，称法国梧桐。是因为法国是梧桐的故乡吗？人们常形容法国女郎最具风情。难道婀娜多姿、风流倜傥的梧桐是她的化身？

梧桐树属于观赏性树种，种植易、生长快、成材早，枝杈弯曲有致，形状美观，叶子肥大，覆盖面广，密实，像巨伞，既雄壮又美观。据说当年美国总统尼克松到南京时曾说过，北京有个艺术长廊，南京有个绿色长廊。这个绿色长廊就是梧桐树写就的。

南京城大大小小的街道，都是梧桐树唱主角。每到夏天，弧形生长的树冠顶部枝叶交错延蔓，结成绿叶悬垂的拱顶隧道。乘车或者步行在树下，抬眼看着充满活力的绿意盎然的枝叶随风浮动，心旷神怡，豁然开朗。呼吸梧桐树光合作用产生的清新空气，真是美好的享受。

南京种植梧桐树最漂亮最壮观的要数中山门通往中山陵的路段，那是梧桐树无限风韵美丽的凝结，是南京城不收门票的美丽景观。

看梧桐，晚上别有情调。路灯在梧桐树中间亮着，高楼大厦为梧桐树做背景。踏着斑驳的长长的树影，听着树叶与和风的絮语，嗅着树干散发的幽香，看着朦胧的带有夸张意味的树冠，吹着夏夜的熏人的暖风，你不能不为梧桐树创造的诗韵而迷醉。

走不多远就可见卖西瓜的摊点。圆圆的西瓜堆成小山似的，闪着绿光。一张小方桌上，切开的西瓜，红红的瓜瓤，沁鼻的甜香。你被诱得不得不停下脚，往小凳上一坐，喊上一个瓜来。边满嘴流汁地吃着，边看着曚曚的街景，看着依偎着走过去的情侣，看着缓缓驶过的汽车，那份惬意像吃到肚子里的西瓜水一样在心底流淌。吃过瓜，背着手，慢悠悠地跟着自己忽大忽小忽前忽后的影子走着。南京城怎么这么诱人呢？

南京是四大“火炉”之一。夏日太阳的火辣是出了名的。有了梧桐树的庇护，太阳光的热辐射就给遮挡住了。南京女人皮肤白嫩，应该好好感谢梧桐树！是的，如果一个城市没有树，好悲惨哪！有一年的夏天，我到有四大“火炉”之一的某城市出差。街上光秃秃的，没有高大的树遮阳，楼房与街道在太阳的作用下相互辐射，那个热烤让在“火炉”生活多年的我和同伴都忍受不了，赶紧打消了逛街的念头，乘车回了宾馆。当时我的第一反应是为南京自豪。夏天无论太阳多大，走在大街上，就走在了连绵不断的树荫下，清清爽爽地看着红男绿女创造的流动的美丽风景，谁不说南京是一座宜居城市呢。

梧桐树给南京人造就了良好的人居环境。据报载，南京市城调队公布：南京的房价指数位居全国第二位。论政治中心南京不如北京，论开放程度不如广州、深圳，论消费水平之低不如沈阳、哈尔滨，南京凭什么有仅比上海低 2.1 个百分点的高房价呢？唯一能解释的是人居环境的优越。遍植遍长的梧桐树对人居环境所起的作用是不可估量的！梧桐树使南京变得美丽而多靓，优雅而多姿，幽静而多梦。

南京人与梧桐有着深厚的感情。生在梧桐树下，长在梧桐树下，工作在梧桐遍布的城市，能不喜爱梧桐？记得前几年，南京拓宽道路，要砍伐主干道上的梧桐树。市民不答应，引发了一场现代化建设与人居环境的辩论。在报纸上、电视里、广播中、办公室里、公交车内，人们谈论梧桐，关注梧桐。全市为了树的命运展开辩论，恐怕在别处是不多见的。如果梧桐树懂得人类的语言，知道它的朋友为它的生存做出的努力，一定会感到无比欣慰的。

人是感情动物，情是人的第一标志，喜爱是人的感情的宣泄，南京人对梧桐树的保护是深爱所至。辩论给我的印象很深，那是人们对生存环境有了认识后的一次积极的自我保护的表现，对今后的行政决策都会产生影响。在南京，如果有谁想破坏树木，那肯定会有人举报，新闻媒体肯定会积极介入，让破坏者受到处罚。爱护树木保护环境已经成为南京人的共识，人与自然的和谐统一是人类生存发展的重要条件，这一观念已经深入人心。

无论怎么说，梧桐不仅仅种在南京的大街小巷，而且种在了南京人的心里。那是自然之爱，发自内心的爱。

梧桐，南京梧桐！

前湖漫步

半山园外，古城墙脚下，有一汪澄清的碧水，这就是前湖。它不像玄武湖、莫愁湖那么有名气，也没有古人留下的胜迹，很少有人知道它。只有生息不竭的湖水在流淌、低吟，宁静而又闲适。

前湖距离我的住处近，骑自行车十分钟就可到达。是我闲暇时常去游玩的地方。

喜欢那里的环境，一来，游人稀少，幽静，绝少污染，并且不乏湖光山色，徜徉于此，工作的劳累和生活的烦恼尽可抛得远远的；二来，自然而然地走进大自然的怀抱，领受着亘古上苍的赐予，陶冶性情。

前湖的水面有百十亩大，由于是拥墙而成，远远望去，古城墙陡立于湖边，湖水与城墙相依相接，轮廓线格外突凸有力。风吹处，城墙的倒影在水中一折一弯，煞是好看。沿着城墙的湖畔，生长着高高大大的树木，蔚然成林。夏日里，绿荫如盖，常有情侣隐约在绿意中，缀成几多风景。逢节假日，男女学生结伴而来，围坐在树荫下，摆上花花绿绿的小吃、饮料，尽情地谈笑、嬉戏，给平日里宁静的前湖增添了几分快意。

林子外，是平整的草地，夏日里的草长得肥嫩鲜美，每天都有几只花奶牛慢悠悠地在那里吃着青草。牧人坐在树下，看看山，看看水，看看奶牛，一副闲适的样子。再往前走几步，是夹道相迎的四季如春的竹林，婆婆娑娑，婀娜多姿，如青春勃发的苗条少女的倩影，给人以愉悦的美感。一条细长的水泥路像飘带沿着湖畔向远处的公路伸去。偶尔有漂亮的小轿车从路上缓缓驶来，丢下满面春风的红男绿女。

湖水清澈，可以看见虾长的小鱼摇头摆尾地在浅水处游着，深水处不时有调皮的鱼儿跳出水面，溅起水花和响声。没有扁舟荡在平静的水面，偶尔有垂钓者坐在湖畔，凝成一幅春钓图，惬意油然而生。或坐或仰在湖边的草地上，远眺钟山，一抹黛青色的山脉向远处伸延，勾勒出一幅浓彩的水墨画。球状的天文台，像明珠撒落在山顶，闪着动人的异彩，时时在招引你跃然登山，去俯拾历史的骄傲，一睹科学的风采。顺着山势而来的是生机盎然的相扶相依的树海，钟山的秀美尽收眼底，令人一饱眼福。

最近的天气时阴时雨，已经有一段时间没有去前湖了，心里像是少了什么似的。昨天，天仍然没有放亮，时不时地飘起毛毛细雨，我实在憋得慌，便去看前湖。

细雨中的前湖似雾似烟，如梦如幻。城墙不像往日那么雄壮，树隙不再那么杂驳。湖面无波无兴，像出浴的少妇披着柔美的轻纱，朦朦胧胧，温温柔柔，自然天成，别有一番风韵。踏在柔软的草上，听着脚下发出叭嗒叭嗒的水响声，呼吸着湿润的空气，心中是那么的快慰。我以为阴雨天除了我不会有人到前湖来，湖边的一柄柄花伞下的一对又一对依偎的恋人，着实令我惊异和叹佩。世上多有痴情人哪！

前湖静静的，古城墙静静的，岸边的树静静的，翠绿的竹林静静的，宛如一张放大的风景照。

归途中，忽然听一个游人说，有开发商看上了前湖，准备搞开发，我心里忽然涌上一股莫名的惆怅。前湖真的也要消失在现代的物质文明的追求中了吗？我不愿深想。自然的东西越来越少了，生存的空间也越来越拥挤了，人为的东西越来越丰厚了，是喜还是忧呢？慢慢往回走的脚步异常沉重了。

雨后玄武

喜欢走进雨后的玄武湖，喜欢欣赏树木、竹林、花卉、绿荷、青草含芳带露的娇媚，喜欢呼吸富氧而清新的空气，喜欢倾听蛙鼓蝉鸣的大合唱、湖水波涌的喘息声。雨后的一切是那么的让人喜欢，那么的亮丽，那么的清新，那么的富有活力。

树是公园美丽的衣裳，雨像是洗衣机，把树洗得干干净净，清清爽爽。每一片树叶都一扫往日积垢沉重的样子，舒展着，洋溢着，轻松着，满盈着勃勃的生机和美丽。叶子仿佛还没有享受够雨水的滋润，伸开绿掌把雨水捧在窝心，随着风儿吹过，一不留神，下了一阵急雨，给走在树下的行人一场沐浴。一声惊呼从树底下传来，又惹得一阵欢喜，一阵树雨。

翠竹婀娜的叶茎上挂着雨滴，沉沉地垂下来，一副娇媚的羞答答的神态；被雨洗个净透的清秀的竹身，青里泛着碧翠，忽闪着雨润的光泽。清风拂过，竹姿轻摇，翠叶袂袂，婷婷娉娉，宛如仙女下凡，随着一缕幽香袭来，顿觉通体舒泰，心窍喜开。只恨此香天上有，何不人间长驻留？等你再切身寻闻时，只有竹林的切切私语，哪有幽香仙飘的痕迹？

绿荷肥大的叶子，把水面遮掩得严严实实。风吹水动，涌起阵阵绿色的波浪，均匀有致，绵长不绝；睡在水面上的荷叶，有无数个水滴浮在上面，团团圆圆，晶晶莹莹，透透亮亮，像一颗颗剔透的珍珠，自由滚动，闪着银光。亭亭玉立的荷花，艳艳地张着粉红的花瓣，鲜嫩柔弱，活像出浴的少女，一副藏羞浅愉的神态。

芳草看上去最为动人，成片成片的在雨水的浇灌下，喝得足足的，饱饱的，胀胀的。茎叶挺挺的，昂昂的，一副精神抖擞、战无不胜的样子。雨水特别青睐芳草，团围在芳草的周围，泛起一波波晶莹的清亮。

沥青路被洗得纤尘不在，别致的小木屋鲜亮十分，停泊的游船洁净如新……

空气被雨水过滤了，一尘不浮，纯纯的，净净的，新新的，爽爽的，透透的。走在青草簇拥的小路上，身子整个儿被新鲜空气包围着，浸融着，不由自主地张开大口深深长长地呼吸，一口接一口，贪婪、海吞式地与雨水创造的氧吧亲密接吻，仿佛吸入了整个宇宙，随风融化。身清清，神悠悠，气爽爽，心融融……不能自已。

此时，真想勇敢一次，来个裸奔，让身体每一寸皮肤亲切感受风的抚摸，让每一个毛孔畅快接受风的搓揉，从里到外，从上到下，完完全全地与清风融为一体。

视入脑，听入心。美妙悦耳的声音从来都是熨贴心灵的梵音。据说噪音是摧残人精神以至生命的无形的声波，而无声又是令人难以忍受的世界。

从树上到草间，从湖塘到路边，蛙鼓如涌潮，蝉唱如巨风，鸟鸣如玉音，仿佛置身于一个巨大的音乐赛场，美妙的声音把人环围起来。那看不见的队队、团团、伙伙、群群……都是竭尽全力的一线战士、歌者；不用指挥，都拿出看家的本领，一展喉腔。歌自然的礼赞，唱本能的需求。你唱我更唱，我高他更高，此起彼伏，美妙绝伦。

湖水也加入了进来，舒缓地一波接一波地发出低沉的和声。鱼儿不时地从水中跃起，击打水花发出清亮的声响。那是一声嘹亮的独唱，和谐地掺进这大合唱里，韵味显得十分别致。

闭上眼睛，停下脚步，屏住呼吸，让悦耳悦心的声音透入心脾，心里充满了阳光雨露，充满了草芳花香，充满了娇媚甜蜜，充满了对雨后的万千渴望。

雨后，迷离朦胧的雨后，阳光初照的雨后，清新舒展的雨后。大地睡醒般地复苏了，万物恢复了雀跃般的生机。树儿更绿，花儿更艳，竹儿更秀，草儿更香，蛙声更响，空气更清，新的渴望和等待又开始了。

走读城墙

看南京，还有一处值得一看的地方，是古城墙。

南京，以“六朝胜地”“十朝都会”而闻名于世。“江南佳丽地，金陵帝王州”，她独特的地理优势，历来为群雄争踞。在古代，城墙因为能有效地抵御敌人进攻，为历代王朝所重视。南京现存的古城墙，是明朝统治者用了 28 年的时间修建的，亦称为明城墙。金戈铁马不复返，此处空遗古城墙。今天，随着时代的进步，古城墙在失去了本来作用的同时，成为一部长长的编年史，还作为一道秀丽的风景供人们观赏着，作为一座宏大的建筑给后人借鉴着。

男儿本能是血性。我打小就喜欢看战争影片，喜欢看城门大开马队杀出的场面，喜欢看云梯高架箭射石滚的攻城镜头，喜欢看诸葛亮坐在城门大开的城楼上神闲气定弹琴的画面。可惜我从小生长在一望无际的东北大平原，高大一些的建筑物都很少看到，别说雄伟壮观的城墙了。有幸工作在南京，家住在半山园附近，那里离城墙近，使我有充裕的时间观赏和感觉城墙。一年四季，春夏秋冬，城墙成了我登高望远、纳凉赏景、修心养性的好去处。

在南京城，只要坐上车出去走走，触目所及，都可见到城墙，让人有城墙无处不在的感觉。古城墙，东起紫金山，西据石头城，南贯秦淮河，北带玄武湖，城周长绵延35公里，是世界最长、规模最大的古代城垣。六百多年，风剥雨蚀，沧海桑田，古城墙经历了太多的苦难，承受了太多的辛酸，但是仍然有25公里巍峨屹立着。

南京古城墙的质量是一流的。明末清初的著名学者顾炎武评价南京城“高、坚甲于海内”！这是对城墙最好的评价。城墙基础均用石材，城砖大部分都是质地较为细密的青灰色砖，也有一小部分是质量更高的白瓷砖。城墙用的砖，都是专门烧制的。在砖的侧面常打印有造砖的府县、监造官员和工匠的姓名及年月字样。如果质量不合格，要退回重烧，再不合格，就要治罪。是责任制的落实保证了城墙的质量，从而使城墙经受了时间和战争的考验，给后人留下了宝贵的遗产。

由于受战乱等因素的影响，城墙遭受过毁坏，有一些城砖散落在居民家中。在政府不断呼吁保护南京古城墙的宣传中，南京人保护城墙的意识增强，绝大部分家有城砖的居民把城砖交了出来，为修复城墙尽了微薄之力。即使是现在，如谁发现了哪儿有城砖，报告有关部门，都会有人专门去回收的。古城墙作为南京人共同的遗产，人人尽心保护着。但是也有不和谐之音，前不久，南京新闻媒体披露，一处动工修复不久的城墙所用的新城砖，竟然粉化了。真是可笑至极！时光推进了六百多年，科技水平与明代不可同日而语，怎么如今烧制的城砖，还没有经风历雨，内部结构却发生了劣变，脆弱得不堪暂短时日的消磨，何谈负重历史？如果六百年前也是这个质量，我们哪有福气看到如此雄壮、如此令我们自豪的古城墙呢？当然，我这里不是说现在的烧制技术退化了，而是造假、偷工减料成为给历史抹黑的大敌。保护古城墙，仅仅简单复制是不够的，必须有历史的责任感。

我喜欢登临城墙，登临有一种玉树临风的感觉，毫无遮拦地与八面来风亲密接触，脚下踏着坚实的城墙，身心充实而透爽。喜欢到城墙上吹着凉风散着步，时常悠闲地半卧在城墙上的干草上晒着太阳看看书，偶尔心神远遁地在清秋冷艳的夜晚倚在墙垛上静静地看着圆圆的月亮。因为距离近，我去的次数多的地方是琵琶湖，那里的城墙有一处缺口，可以顺着缺口登上城墙。站在城墙上远眺，眼福饱饱，神清爽爽。钟山由西向东绵延伸展开去，睡美人似的宁静地香卧在南京的东郊，万树叠翠给曲线优美的山峦披上美丽的盛装，那是南京神采璀璨的一笔。山顶上好看的白色圆顶天文台，在太阳的照耀下闪现着华光，好像招着手，招引着人们登山，去探求盛装里面的神秘。

海军指挥学院里保存着宋朝宰相王安石的故居，叫半山园。我喜欢进入半山园去看城墙，因为那里属于部队禁区，几乎没有闲人。转过凉亭，顺着林间弯曲的小路，就可以登上城墙。城墙上杂长着树木，春暖花开的时候走在上面，香入鼻，艳入目，清幽怡人，别有韵味。有一年，半山园城墙突然倒塌了一段，里面露出了一处低矮的城墙，据有关部门考证，埋在里面的是比明城墙还要古老的古城墙。当年，朱元璋在修建城墙时，先是改建了南唐遗留的金陵城，又把建康故城、石头城和历代设置的几个作为州府治所的小城统统包了进去，形成了南北长、东西窄，围合面积超过 230 平方公里的南京外郭城。明城墙的雄伟是建立在比明朝还要古老的历代统治者修建的城池基础之上的，是集南京历史上各代城池之大成。

中山门城楼是开放的，没有限制，登临的人比较多。到城墙上散步，经常能看到一对对情侣倚在城墙垛口，忘情地拥着，搂着，吻着。在上海，外滩是恋人的天堂。每到晚上，是一对挨着一对的情侣营造了外滩爱意浓浓的氛围，成就了大上海曾经有过的声名远播的迷人景观。而在南京，城墙至今仍是南京人恋爱约会喜欢去的地方。站在高高的城楼上，居高临下地俯看宁沪高速公路动感地伸向远方，会突然生出无尽的对远方的人儿的丝丝缕缕的思念。

一座辟邪，昂立在城门外一块大大的草坪上，那是具有南京特色的吉祥物。看着这具在古代和现代的动物世界里都无法找到的神化般的动物造型，好佩服先人的想象力和联想力，这可称得上是艺术创造吧！辟邪躯体硕大，长舌垂胸，样子憨憨的、笨笨的、壮壮的，很是可爱。不仅南京人喜欢，游览南京的外地人也对它产生好奇和联想，从而加深对南京的印象。月牙湖环围在城墙的外面，波光涟涟，倒影依依，把中山门城楼衬托得柔和可人。

中华门城堡是规模最大、最雄伟壮观、名气最大的景观，传说中的故事十分动人。说是在修建城墙时，遇到“海眼”，随建随塌，完成不得。后来“借”来了江南首富沈万山的聚宝盆埋下去，才大功告成，所以也称聚宝门。城堡布局严整，构造精巧，瓮城藏兵，能守能攻，有三道瓮城，四道券门，二十七个藏兵洞，总计可以藏兵三千以上。那年的春天，我带儿子看城堡，在里面转了小半天。当顺着马道走上城堡，抬眼望见前有雨花台山峦叠翠，下有秦淮河波光粼粼，不禁赞叹这华夏之奇观，越发觉得古人为保卫家园所付出的聪明才智是那么的了不起！城堡在体现了军事价值的同时，也是我国古代城垣建筑的瑰宝。

城墙最为好看的地段当数台城。从解放门沿着城墙步步登高地走上去，就来到了修缮如故的台城。有金陵四十八景之一的鸡鸣古寺近在眼前，寺庙佛塔从树隙间透出轮廓，耳边不时能听到木鱼隐隐的敲击声和唱经的诵声，令人心静神清。玄武湖水波涟漪，五洲玲珑得就像镶嵌在清澈湖面的由绿丝线串连着的五块碧玉，在湖水的包围中，晶莹剔透。再往前走，可见九华山上的埋葬着唐玄奘法师部分顶骨的方形三藏塔，一挺独秀地、十分抢眼地高耸着，与湖水、与城墙、与寺庙融成和谐的景观。走在台城，更多地被周围的景色所吸引，一步一景的美景把台城紧紧簇拥着，台城在展示自身秀美的同时也成为视野开阔的观景台。

我喜欢在城外看城墙。经常是出了城墙，到琵琶湖走走，到前湖坐坐，到植物园逛逛。这些地方都在城墙外。无论从哪个位置放眼望去，一脉轮廓分明的城墙都能尽收眼底。那一刹那，会感到有一股不可战胜的力量从脚底升起。城墙是强者的血肉化身，是勇者的精神凝结。

我办公的位置恰好在玄武湖北侧，坐在室内抬眼就可以看见湖光后面的黑黝黝的城墙。天天能够面对，天天可以感悟，天天痴情厮守，我好有福气哟！

城墙雄伟地、男子汉似的、上百年地屹立着，巍峨绵延，气魄壮观。看城墙，是精神上的享受。虽然历史的卷轴一圈一圈地卷过，让历史看上去遥远而迷离，但是城墙用实实在在的形体语言告诉了我们很多很多。

我们是要好好读读南京的古城墙！

钟山毓秀

一

南京最为灵秀的地方当数钟山，现在称紫金山。

完全被树木覆盖，被南京人誉为城市绿肺的钟山，坐落在南京城东，东西长 7 公里，南北宽约 3 公里，周长达 30 公里，主峰海拔 448 米。山脉呈向南开口的弧形，弧曲向北突出，城内的富贵山、九华山和北极阁等小山都是钟山的余脉，形成了山城相接，林城相依的格局。

城市是繁华的热土，山林是寂静的梵音，一热一冷，一动一静，一张一弛，一浊一清，成就了阴阳互合奏响的美韵，促就了凹凸相衔圆通的和谐。有了钟山，南京的龙蟠虎踞的美誉得以千古传诵。北京的香山、成都的青城山、昆明的西山，都是名山，但是都有缺憾，即离城市远，亲近一次不容易。钟山得天独厚地与城市紧紧依偎着，宛如城市的贴身背心，温暖着城，体贴着城。

一座城市有山，就生出无限的风光；一座城市有湖，就增添了无限的柔情；一座城市有江，就涌动无限的活力。南京有山有湖有江，独特的地理优势，令其成为“十朝都会”、成为曾经的政治经济文化中心实属必然，既是大自然的赐予，也是千百年来无数劳动人民对南京的打造，而钟山为南京具有的历史地位奠定着重要的基础。

钟山，充满着无限灵韵和魅力，走进它，亲近它，你就能够切身领略她万种的风情，品味她热诚博大的情怀。

春天里的钟山，小草顶着青青的尖角，从枯草丛、从泥土里钻出来，给山坡上、小溪边最先写上嫩嫩的春字。林海一天一个样地浮起淡淡的嫩黄、浅绿。树的枝杈看上去不再孤单单得瘦骨伶仃。一夜东风过后，满山遍野满布着喜盈盈的浅绿。依偎在钟山怀抱的梅花山随着天气的转热，梅花盛开，香雪似海。前来观梅赏梅的游人摩肩接踵，尽情享受春天的盛会。

夏日里的钟山，涌起浪峰波谷的绿色海洋。高大的树木树冠相接，树叶繁茂，如盖成荫；低矮的灌木枝条抽长，密密匝匝，像扎紧的篱笆墙，围起让人十分想窥视的风光；青草的生命力是强劲的，恣意繁茂生长着，对地表进行地毯式的覆盖，与树木共同编织起浩浩荡荡的绿色的繁华梦想。山间的小溪流水淙淙，小鱼小蟹嬉戏游动，煞是可爱。钟山脚下的紫霞湖，山林环抱，碧波荡漾。一到夏天，那里是游泳爱好者尽展美丽身姿和美好风情的地方，与山林和谐地凝结在一起，构成一幅迷人的图画。

秋天里的钟山，丹桂弥香，仿佛把山薰透了。走进山，会感到浸泡在醇香中，变成了活力四射的香料；随着金风送爽，树叶拥着一夏的柔情落在沉沉的大地上，写满满足和无悔，铺就成熟的金黄。

冬天的钟山，清冽空阔，万木萧肃，山形毕显。而一场大雪过后，钟山就给素装包裹起来，凹凸有韵，就像妖娆万端并透着冷艳的美人，让你既喜欢又不敢冒犯，只能小心翼翼地走近她，留下虔诚的足迹。

钟山，就像你爱恋的女人，什么时候看到她，甚至想到她都会令你激情勃发，爱意绵长。

我曾经在位于钟山北侧的尧化门生活了十年，从住所和办公室抬眼即可眺望钟山。常常被缭绕钟山的奇丽云彩所吸引，所惊叹，所神游。云有时候宛如洁白的长长飘带，静若处子，祥和慈悲地高悬在山腰；云有时候万马奔腾，像是赶赴南天隆重的盛宴，急速地从头陀岭飞卷而去；云有时候仪态端庄，华贵地轻移莲步，久久地在山头驻足，高高地俯看着芸芸众生。云与云没有一朵是相同的，也没有一朵是完全静止的，云朵在自身不断变幻的同时与另外的云朵轻盈地融合成更大更美的云朵。云的千姿百态、气象万千为钟山增添了妩媚的美丽和神秘的仙性。

钟山独特的地理风貌不但造就了奇特的云景，而且造就了各种壮观的形态。

钟山自古以来有龙蟠之说。最早把钟山比喻成龙的是李白，“钟山龙蟠走势来”的诗句给钟山以点睛命名之笔。传说诸葛亮评价“钟山龙蟠，石头虎踞，真帝王之宅”，也把钟山看作龙，并且是带有帝王之气的皇龙。远眺钟山，龙蟠的气势浩然而来。东峰小茅山势如“龙头”，居中的北高峰恰如“龙脊”，西峰天堡山状似“龙腰”，接下去的一连串低山丘陵，形同摆动的“龙脚”。龙是中华民族的象征，而钟山得有龙蟠的赞誉，可见钟山从古到今受到敬崇的程度。

如果换个角度和季节看钟山，会有另一番神奇的惊叹。记得前几年报纸报道某某山形如睡佛，还配以照片。受此报道的启发，我记得有一次从山南经过，只见山脉起伏，曲线优柔，就像一尊仰天长睡的巨佛，卧在硕大的翠莲之上，悠哉悠哉着。有一次乘车从宁沪高速公路回宁，从车上望见钟山，宛如盛妆的贵夫人，拖着长长的裙袂，高挺丰腴的身躯，昂立城东，眺望滚滚奔流的长江。有一次我走在钟山脚下，那是傍晚时分，看见太阳慢慢地沉入远处的高楼后面，天际间还透着一层淡淡的青灰色，钟山正渐渐罩隐晚霞中。我突然发现钟山像赳赳武士，神威英武，岿然傲立，与长江一起屏护着南京！

“横看成岭侧成峰”，世间万物都有不同的形态。从不同的角度，不同时候去观看，会有不同的印象和感受。景由心生，心由情生，钟山在钟爱她的人的心里美丽着，生长着。

二

山是有生命的灵物，千年万年兀立着，成活着。问世间，有什么比山的寿命更长久的呢？有什么比山更加能够包容的呢？有什么比山更加滋养的呢？当然，山仅仅成活着那是自然的应有之义，而如果浸润了文化、宗教，接纳了英烈英灵，注入了朝代的历史，凝聚了世人的目光，山就被赋予了灵魂。

钟山是有灵性的。除了以瑰丽的山林风光赢得世人的赏游外，还以风水宝地吸引了历史名人为后事选址，从而使钟山的文化、历史、传奇故事的底蕴更加丰富。钟山因历史名人的永远入住而名扬四海，名人因栖身钟山而万古长青。

中山陵是国父孙中山的安息地。建筑雄伟，钟形设计，寓警钟长鸣之意。钟形与钟山，钟钟相鸣，天籁之音，奏响了钟山最为璀璨的一章。沿着青松古柏夹揖的382级青石台阶，步步登高地向中山陵走去，会感到血脉舒张，一股天地之间的浩然正气注入心髓，谁能不为中华民族的崛起而自豪呢！

中山陵脚下有露天音乐台，近年来成为南京市经常组织大型歌咏活动的场所。歌声悠悠，白云飘飘，音乐的精灵在中山陵萦绕，为中山先生歌祷。

中山陵东侧，绿树掩映中，有一座雕梁画栋、金碧辉煌的三层建筑，这就是藏经楼，里面珍藏着孙中山的著作。主楼后面的碑廓壁上，嵌有一百三十八块青石碑，镌刻孙中山三民主义全文，共十六讲，十五万五千字，由十四位书法家精心书录。每次来到藏经楼，我常常在碑廓久久伫立，面对刻在石板上的文字，虽然没有充裕的时间一口气读完，但是能感受到孙中山团结和号召全国各种力量，推翻清朝封建统治，靠的就是三民主义。

一个旧时代的结束和一个新时代的诞生，思想的催化起着关键作用。

顺着林间的柏油路向东 1.5 公里，就是灵谷公园。灵谷公园遍植桂树，每当八月丹桂飘香的时候，灵谷里充盈着馥郁的幽香，与灵谷寺里飘出的香火融成特有的气息，仿佛为供奉在无梁殿里的北伐抗日诸役中阵亡的三万三千多名国民革命将士护灵。

走过无梁殿，绕过圆形的公墓，进入松风阁，顺着长长的甬道，便是灵谷塔。塔高六十多米，塔身九级八面，里面有螺旋扶梯。登上塔顶高层平台，凭栏眺望，满眼是茫茫林海。林海向西南伸延到城墙边，与城内的树木连成一片。整个南京仿佛是一艘巨大航空母舰，在碧海中航行。

在灵谷公园的东边丛林中，深藏着被称为金陵四十八景之一的“灵谷深松”石刻，再往里走不多远，在林木幽深处，是民国时期重要人物邓演达和谭延闿的陵墓。在中山陵的西侧，还有廖仲恺墓、何香凝墓。

在中山陵西侧，还有一处介绍钟山的文字，以及文人的文章中从不提及的一个地方，这是一个曾经隐讳的地方。这就是位于风景秀丽的紫霞湖上方的一个小山丘，山丘上有一亭，名叫正气亭，传说是蒋介石为自己选的陵址。岁月悠悠，世事沧桑。正气亭早已修缮一新，伴着松涛的作响，伴着游人登临时的感叹，伴着紫霞湖清波万点，无言地留给后人评说。

在钟山占地面积最大的建筑，是明朝开国皇帝朱元璋的陵墓明孝陵，纵深 2.5 公里，曾筑有长达 22.5 公里的皇墙，用了近三十年的时间建造，可见工程的浩大。

孝陵的起点，是从位于中山门外卫岗的下马坊开始的。大金门与立有“大明孝陵神功圣德碑”的四方城相对。出了四方城，就步入了通向明孝陵的神道。神道呈曲尺形，分为两段。前段走向西北，称石象路，两旁排列着石兽，夹道相对，两立两蹲，分别为狮子、獬豸、骆驼、大象、麒麟和马。后段肘弯折向正北，称翁仲路，有二根石望柱，再往前，石雕武将、文臣各四座，东西纵列道旁。走在神道上，看着一座座造型惟妙惟肖的石兽，眺望远处的钟山起伏的山峦，令人心旷神怡。

建筑物屡遭战火焚毁，现存的仅是当时陵寝的一部分。据有关资料记载，孝陵正门向前，原为中门，是一座很大的建筑，两侧有御厨、宰牲亭、具服殿等，后毁圮。现今的立有“治隆唐宋”的碑亭，是清末改建的。向北行不多远，即享殿，规模与北京长陵享殿相近，毁于兵火，现今的享殿是清同治四年和十二年两次修建的，规模比原来小得多。经内红门、大石桥即登方城。方城以上是明楼，俗称梳妆台，原有重檐飞角，覆黄色琉璃瓦，造型华丽，现仅存四壁砖墙。战火焚毁了壮观的孝陵，后人看孝陵，更多看到的是满目的残圮，不能不为之悲哀。

在神道转折处，有一座小山丘，现今叫梅花山，三国时期东吴大帝孙权葬于此地。相传，奉旨营建孝陵的崇山侯李新曾奏请迁走孙权墓取直神道，朱元璋没有准奏。他说孙权也是一条好汉，就留着看门吧。于是孝陵神道破除古制，取曲舍直，为历代皇陵所罕见。在这个问题上，朱皇帝还是很通情理的，令人肃然起敬。只是前不久有关专家研究发现，孝陵呈北斗七星布局，取曲正好应了天相吉祥的七星之说。

当然，至今还传说着，朱元璋出殡时，南京城所有城门同时出殡。人们推断朱元璋生性多疑，害怕死后被人盗掘，因此没有葬在孝陵里。

其实朱元璋不葬埋在孝陵，葬在哪呢？皇后马娘娘葬在那里，长子朱标葬在孝陵东侧，明朝开国功臣常遇春、仇成墓在钟山西侧，徐达、李文忠、吴良、吴祯的墓在钟山北麓。朱元璋在位时，有群臣将士风光地簇拥着保卫着；埋入地下，他希望手下的文臣武将仍忠伴着他。

今年南京为明孝陵申报世界文化遗产，这是明智之举。孝陵不仅仅是南京的，是中国的，也是世界的。让孝陵走出中国，走向世界是必要的，让世界了解孝陵并保护孝陵。

钟山北麓，还辟有航空烈士公墓，埋葬着一百六十八位为抗日捐躯的中、美、苏飞行员，他们中有的遗骸埋在那里，有的仅仅在石碑上刻个名字而已。走进公墓，感到他们的英灵仿佛仍在天空中翱翔，受到人们的爱戴。维护和平的英勇壮举是不分国界的，无论他的英灵在什么地方，他都会受到人们的尊敬和爱戴！

而逆天而行的卖国贼永远没有葬身之地！在梅花山，臭名昭著的汪精卫死后曾葬在那里。抗日战争胜利后，国民党政府派工兵将汪精卫的墓炸了，把他从梅花山清除掉，还后人一块净土。

三

钟山的名字在历史上也同南京的名字一样，作过多次改称。最早叫金陵山，秦汉时叫钟山，三国时叫蒋山，东晋时，人们常见山上紫红色页岩在阳光下闪耀，祥云缭绕，把它称紫金山，也称金山。明代时，又因太祖朱元璋孝陵于山南麓，又改名为神烈山。而南京从古到今称谓更是繁多：金陵、秣陵、建业、建邺、建康、江宁、白下、集庆、应天、天京……多达四十多个，这是城市历史中罕见的。

地名和山名的改称，是随着统治者的意识变化而变化的。南京繁多的名称是中国曲折历史道路在南京留下的标记，而钟山因为与南京贴得近，就像君王的侍臣，随时都有性命之忧一样，名字更迭在所难免。名字更迭变换，是新生的喜庆，还是旧称的不幸呢？但是不论怎么称呼，城依然是城，山依然是山，名份是暂时的，而山的存在是永远的。

走进钟山，时常在山间发现废弃的碉堡。首先进入眼帘的是上面圆形的射击孔，张着黑洞洞的眼睛，让人平添一丝寒意。杂草围着碉堡疯长着，一条斜入堡内的甬道腐积着落叶和尘埃。堡内黑呼呼的，散发着陈腐靡烂的味道。站在碉堡边，顶着炫目的阳光，呼吸清新的空气，倍感钟山美丽的沉重。

历史上，一个城市得到的荣耀有多高，遭受的苦难就有多深；“十朝都会”既是对南京的美称，也是苦难的代名词，正应了那句祸福相依的话。南京在历史上惨遭屠城的次数在城市中是最多的，比较大的就有六次之多。

最初的一次是东晋苏峻叛乱；

第二次是南北朝时期的侯景之乱；

第三次是588年隋兵灭陈朝，隋文帝杨坚下令将建康的城邑宫殿全部“荡平”，改为耕地，以免被人“据形势之区”，再出皇帝。“六朝之迹，无复存者”，这是南京城受破坏最为彻底的一次；

第四次是1129—1130年，金兵在攻占建康后的第二年，准备北撤时放火烧城，全城几乎化为灰烬；

第五次是太平天国定都天京后，1864年湘军攻破天京城，湘军一把火，把历朝历代留下来的建筑和文物古迹，几乎毁尽；

第六次是抗日战争时期，1937年12月13日，日本侵略军攻占南京，进行了长达六个星期的血腥大屠杀，被害者竟达三十万以上！日军到处纵火，城南古老的民房和夫子庙等文化建筑尽成废墟，南京三分之一以上的建筑毁于火中。

前不久从报纸上读到有关玛雅文化研究的报道，报道说玛雅文化消失的原因是战争；特洛伊古城，也是兵燹战火将它残酷地消灭掉了，后人只能在荷马的《伊里亚特》中读到它曾经的繁华；中国历史上有楼兰古城，它是连结丝绸之路的重要城市，也是战争，将古城夷为废墟。南京遭受六次大的屠城，不但没有消失绝迹，却依然充满勃勃的活力，随着时间的推移不断地生长着，繁荣着，辉煌着，如今作为中国南方经济的中心，日益地发挥着巨大作用。

南京得天独厚？是上帝的宠儿吗？

南京有什么特别？强大的生命力何在？

为什么遭受焚毁后，人们依然奔向这满目疮夷的地方安家繁衍？是成也萧和、祸也萧和的独特的地理优势的使然，还是中华民族自强不息、忍辱负重的精神不灭的结果？我看两者都有。

得钟山而得南京，失钟山而失南京，南京的幸福与苦难是与钟山联系在一起的。谁让钟山与城唇齿相依？谁让钟山地要势险，为兵家所必争？这永远是个美丽的天意！

相传朱元璋造好了京城，带人登上钟山，观察京城形势。当时只有十五岁的皇子朱棣指出，如果在钟山上架大炮，炮打京城，是无法防犯的。朱元璋当即听取了意见，下令再造了一道外郭城，俗称土城头，有城门十八座，如现在的尧化门、仙鹤门、麒麟门、沧波门、上元门等即是当时的外郭城。

曾国藩当年率湘军与太平军在钟山展开过旷日持久的天堡、地堡攻坚战，最后天堡、地堡均落于湘军之手，太平天国灭亡的日子随后而至。辛亥革命时期，江浙革命联军与清军在钟山激战半月，终于击溃清军，占领钟山，赶走了清代最后一任两江总督张人骏和署理总督张勋。起义的十七省代表在南京集会选举孙中山为临时大总统，宣布改国号为中华民国。1937 年，日军先头部队到达钟山，与中国守军展开激战，双方伤亡惨重。最后日军攻入了南京城，进行了惨绝人寰的大屠杀。

钟山在带给世人美丽风光的同时，承载了政治、军事、文化、历史的负荷，走进钟山，体味钟山，会从中领悟和借鉴很多。钟山超越了普通意义的山，它给予了一代又一代世人不同的视角，让人们不断地认识钟山，崇敬钟山！

四

在南京，我去的次数最多的地方就是钟山。走进钟山，就走进了亘古上苍赋予的葱茏林海，走进了追求生活高质量的现代人极其喜爱的绿色氧吧，走进了美丽的山峦逶迤的风景，走进了俯拾皆是的历史璀璨的章节，走进了艺术家们常常展出的风景照、油画、国画、水彩画图画里，成了生动活泼的画中人。

随着交通网的扩展，钟山作为网中的一个点，缩短了人们走进钟山的时间，不仅仅是供人们观赏的景观，而且是市民休闲活动的娱乐乐园。钟山越来越平民化、生活化，高山可以仰止，让你有成为山的主人的感觉。

每到清晨，尤其是双休日、节假日，登山的人呼朋唤友，拖家带口，男男女女，老老少少，搭乘各种交通工具，来到山脚下，如过江之鲫，喊着叫着唱着闹着向钟山进发。登钟山，现在成为人们美好生活的一部分，成为南京动人的一道亮丽风景，成为人们呼唤大自然、亲近大自然的行为艺术。南京人就是这么有情调，天天厮守钟山还觉得不过瘾，还要用脚掌去感知，用双手去攀援，用呼吸去触摸，用汗水去凝结，用话语去沟通，用歌声去歌唱。

有时外出从 312 国道乘车回宁，远远望见钟山，心里欢喜得不得了，到南京了，到家了。钟山是南京闪亮的标志！是爱心思归的第一吻，是种在心头永远不变的情结。

南京越变越大了，钟山将变得更加美丽，随着城市的发展，说不定百年后，钟山成为城中之山呢？到那时，会不会为了通行便捷，开辟一条长长的过山隧道？当然车辆、轻轨、隧道口等的设计都是与钟山协调的绿色。如果真有那么一天，我要奉劝子孙后代，要慎思。现代化建设可千万不能以牺牲钟山的风貌为代价呀！

钟山，一座灵山。令人情有独钟，始终不渝钟爱着的灵山！

燕子矶

一

燕子矶不是现代的游乐场，没有新奇的玩意勾起你以及你的孩子赏游的兴趣；也不是灯红酒绿之地，能够诱惑你“潇洒走一回”。燕子矶是古典的，唯美的，忧伤的。游燕子矶要有闲情雅兴，要有思古之幽情，要有螺丝壳里绣道场的那颗精细之心。游燕子矶费心不费脚力，因为燕子矶太小巧了，太玲珑了，抬抬腿，走几步，就把燕子矶走个通透。燕子矶形小顶低，但是内涵却是博大精深的，所以看燕子矶需要心眼相通的体悟。

燕子矶坐落在南京的东北郊，倚山临水。这个山，叫直渎山。山精精巧巧，海拔只有 36 米，脚抻一抻就上了山顶。这个水，是浩浩荡荡的神州第一江——长江。在长江沿途有三大名矶，分别是岳阳的城陵矶、马鞍山的采石矶、南京的燕子矶。从字面上读，这三大名矶唯有燕子矶因石峰突兀江上，三面临空，远望若燕子展翅欲飞，靠形似而得名，拿现代的话说是有形有款，惟妙惟肖。其他两矶就没有这天赐形象的眷顾了。燕子矶，也被世人称为长江第一矶。

二

火热的夏日午后，我和阿东坐上8路公交车去看燕子矶。南京的夏天是火热的，一下了空调公交车，没走几步，身上就已经汗透衣衫了。进了公园门，从“南巡蹬道”拾级而上，没感觉吃力便来到矶的最高处——矶顶，迎面吹来的江风，一扫身上的燠热，顿觉心旷神怡。

伫立御碑亭前，只见朱红的亭栏，颜色微微发暗，斑斑驳驳，有些许处露出了底白。碑亭虽旧，气魄犹在。双层六角，飞檐翼然，亭内竖立着乾隆皇帝题写有“燕子矶”三个大字的御碑，背面则是他的题诗：“当年闻说绕江澜，撼地洪涛足下看。却喜涨沙成绿野，烟村耕凿久相安。”清朝乾隆皇帝六下江南，五登燕子矶，可见对燕子矶的厚爱。

在江南游览风景名胜时，时常会遇上乾隆皇帝的题字题诗的御碑，墨宝留香，弥久至今。我喜欢看石刻，笔锋苍劲有力是可以饱眼福的。如果在风景胜地能逮着皇帝留下的墨宝是要细细欣赏一番的。说心里话，着实佩服皇帝的斐然文采，见景赋诗，文化底蕴深厚，这是其一；二是书法笔道浑厚有力，功夫了得；三是自得其乐，阿Q一番。还是当老百姓好，自由自在，无拘无束，天马行空，来去如云，可以来个说走就走的旅行，可以来个说看就看的自在，没有人盯着，更没有人惦记着。而皇帝行吗？肯定不行，皇帝出行需要侍卫保护，需要官员伺候，需要车马舟楫，需要吟诗挥毫。那个时候没有汽车，没有地铁，皇帝骑着马，或是坐着轿子在随从的陪伴下从行宫去燕子矶，一路上也是长长漫漫辛劳不已的。我想皇帝是不是也会一边走着一边不胜其烦呢？当然，子非鱼，焉知鱼乐乎！想到这儿，还是各生欢喜为好。

看江景，我觉得最佳的时间节点是夕阳西下的当口。当我写下这段话的时候，仍然沉浸在面对长江，朝着夕阳远望的感觉中——火红火红的太阳低角度直射过来。火的是金黄，热的是青石，凉的是江水，勾勒出由金辉、长河、船舶、石矶构成的广袤的巨幅油彩画卷。放眼望去，长江水面波澜不惊，平平缓缓，宽宽阔阔，像一条长长的丝带抛向遥远的天际。天际线是一道浅白，水面上浮移着江轮，就像万花筒里移动的一帧帧让你百看不厌的美丽景致。

我和阿东以及三三两两的游人身在其中，成为美景的一部分。那一瞬间的定格，让人恍忽进入了时间隧道，让人想起“滚滚长江东逝水，浪花淘尽英雄”的诗句，让人感慨祖辈们评选金陵四十八景的时候对燕子矶的首肯。燕矶夕照名不虚传！ 但是现在为什么人们缺乏欣赏或者是体味不出古人追求美景给予的幽韵呢，悲古情怀哪去了？景物是万古不变的，变化的是人心，是人们的追求，是价值观，是方法论，是时势推进对欣赏事物的影响！是的，美景是需要静下心来驻足体味的。走马观花得到的自然是浮光掠影。

三

从矶顶西行，绿树丛荫，一片幽静，似从美丽的画卷步入充满浓浓文化的隧道。过“俯江亭”，沿着一条蜿蜒窄道，顺岩坡而下，越过一座石拱桥，便到崖下的“观澜亭”。这里是观赏长江的最佳处！和在矶头风景又是不同。高高的断崖，有平有凹，有突有罅，有直有曲，有容有栖，赭红赭红的，这是大自然千百年来精雕细刻的杰作。也只有大自然做得到这么持久这么耐心，也正是石崖毫无保留的敞开，把特质的内核交给了大自然，才成就了天造地设的摩崖。这是大自然双向选择的一个典范，只有唯一，没有再二。

摩崖如果不注入文化的内涵，就像是奔腾的野马而不是骏马。只有经过文化的浸润，才能成就大自然的鬼斧神工！摩崖有了石刻，就有了生命，有了灵魂，也有了文化，恰如给摩崖插上了翅膀，可以飞过古今，飞向未来。融书法家墨宝艺术与古代王侯将相和文人雅士以燕子矶为题的诗词歌赋为一体的石刻，给大自然的眷顾之地增添了无穷的亮色，也成为一大景观。

站在石刻前，我觉得让人激赏千古的是明朝开国皇帝朱元璋写燕子矶的诗。据传说，当时朱元璋率文武官员来这里赛诗，先是大臣们把所见心得一一咏出，最后才是朱元璋赋诗压轴。在百官的翘首期待中，朱元璋吟道：燕子矶乃一秤砣。大臣们听后都相互望望，心想怎么这么俗，这也算诗？朱元璋看到大臣们的表情，不紧不慢地问道：长虹做杆又如何？接着，朱元璋又说，既有秤有杆，那么钩在哪呢？这时，朱元璋一指天边的弯月：天边弯月做钩挂。朱元璋的头三句，完成了诗的铺垫，朱元璋要借助这铺垫起“兴”了，于是，朱元璋高声道：称我江山有几多！朱元璋此句一出，百官哗然，赞叹不绝。朱元璋这首咏燕子矶诗，看似通俗，实际确是一首气魄宏大的诗作，要完成这首诗，至少需要有相当深厚的诗学功底和丰富的文学想象力，非一般底蕴和学识的人所能达到。诗是思想的结晶。这首诗赋比兴运用得大开大合，帝王之气直扑眼目。短短四句把诗的艺术和意境推向极致，无不让人感觉那股浩然大气，天地正气。

传说朱元璋是放牛娃出身，没啥文化，但是吟诵出如此上乘之作着实令文人汗颜。文化往往并不完全取决于文凭的高低、学位证书的多寡、职称的含金量。不要迷信所谓的证书！文化是一个人对政治、对经济、对文化、对社会、对历史等要素自然吸取、积累并将其发酵成为养分的总和。

摩崖石刻是燕子矶令人驻足观赏的一处景观，游人走到这里，都喜欢久久驻足。看着恢宏的石刻，诵读着古人留下的沉吟燕子矶的诗篇和名句，会从心底升腾起一架时光机器，仿佛穿越了历史的长河，看到多得数不胜数的诗词和歌赋，在这条长河上闪着光芒。我常想，在南京，有明故宫，有朝天宫，有钟山，有夫子庙，有雨花台，有清凉山，有白鹭洲，占地面积都比燕子矶大许多，怎么就这么个精精小小的燕子矶能得到那么多的王侯将相、文人黑客的青睐呢？从南朝梁武帝箫衍开始，到明朝开国皇帝朱元璋，再到大清朝皇帝康熙、乾隆，江山一统的皇帝都格外青睐燕子矶，并留下千古流传的诗词墨宝，这恐怕是被不同朝代的皇帝共同钟爱的少有的现象吧？正应了那句“山在不高，有仙则名；水不在深，有龙则灵。”

燕子矶不仅仅得到皇帝们至高无上的喜欢，也同样得到有如过江之鲫一样多的诗人骚客、名人雅士发自内心的触景生情的推崇，见矶挥毫，力作惊世，如宋代的黄庭坚、沈蔚、杨备、曾极、赵公豫等；明朝朱元璋、顾璘、焦竑、林章、王叔承、陈昂、史可法等；清朝康熙、乾隆二帝、龚贤、吴敬梓、潘次耕、曹寅、厉鹗等，还有孙中山等名人志士以及现代人都喜欢游燕子矶，写燕子矶，歌燕子矶，咏唱不绝，绵延千秋，结晶出文化的永恒力量。写到这里，我为中国博大精深的文化感到无尚骄傲和自豪。名胜古迹，因为有名人的情感抒发而扬名海外；而名人也因为景观的扬名而扬名。

四

除了摩崖石刻，燕子矶还一直活泛着人们对燕子矶充满的无限想象，这就是美丽的传说。传说历来都是带着夸张、神话的意味在里面，燕子矶的传说也是如此。

达摩一苇渡长江，我们可以信其是渡了长江的，但是凭一片薄薄的苇叶就潇潇洒洒飞渡浩渺的长江，确实可以打个问号。但是仔细想，那个时候没有望远镜，单凭肉眼望去，达摩如果是乘一条小船，那小船在江流上漂行，确实像一片薄薄的扁叶。我们现在不是常常喜欢用一叶扁舟来形容舟船的渺小吗？所以说，古人传说达摩一苇渡江，是可以成立的。如果按现实主义的说法，那就是视觉不同而已。

距离决定大小，距离可以产生神话。

如雷贯耳的大诗人李白，曾经是金陵的常客，留下《永王东巡歌》《登金陵凤凰台》《金陵酒肆留别》《夜下征虏亭》《劳劳亭》《金陵城西楼月下吟》等十多篇诗作。在一个月色如银的夜晚，李白登临燕子矶，边饮酒边徘徊于酒樽石旁，面对长江，面对夜月，面对樽石，豪兴大发，挥毫在石上写下“吞江醉石”。神来之语，完全是！仅仅四个字，高度凝练，概括精巧。我以为其含金量超越了李白无数的诗篇呢，将李白的性情、李白的洒脱、李白的仙骨，淋漓尽致洒脱开来。以酒樽为杯盏，以长江水为酒，以一石樽而醉吞浩浩长江，这气魄，这胆识，这狂放，亦独有李太白才有。那尊千古传奇的“酒樽石”，因为有了李白的即兴挥墨，永远留给后人以无尽的遐想。

传说是古老的，无证可查，无据可考，作为炎黄子孙，我们喜欢老祖宗代代相传的传说。燕子矶的独链锁孤舟、马娘娘梳妆台、蛤蟆石……林林总总的传说，那些留存，那些遗迹，都神奇地讲述着飞翔的燕子的前生后世。

转过石蹬小道，有一窑面江小崖洞。我曾经读过一篇文章，写的是一对恋人游燕子矶，遇雨在小崖洞里躲雨的情景。我拉着阿东，侧身挨入小崖洞。小崖洞确实逼仄，两个人身子不由得挨得紧紧的。突然间身心有一种感觉，这个小小的天地里太美妙了，让人与人之间的距离无形中贴近了，亲昵了，无间距了。这是上苍为有情人的造化吧！

从洞口向外望去，滚滚长江湍湍汲汲，在矶的底部撞击翻转，耳鼓里能听见涛水拍岸的声响，水气直升，令人心旷神怡，大有普陀山潮音洞的感觉。放眼江面，波光粼粼，像巨型的银网平铺开来，在眼前无限地拉长。说实话，从小崖洞看风景与在矶顶有所不同，这里无疑又是一处绝佳观赏点。

燕子矶虽然小巧，却具有一步一观、一转一景的鬼斧神工的造化。让我不由吟起诗人潘次耕赞叹燕子矶“临江峭壁不知数，第一玲珑燕子矶”的诗句。

五

文章写到这里，隔了许久许久我都没有再动笔写下去。其实文章写到这里是该收尾了。怎么收尾呢？我常常自问却无解。因为总是有一团忧伤愤懑的情绪云积心头，久久不散。

在矶顶上竖立一块石碑，刻着“想一想，死不得”，在旁边的石壁上也刻着相同的话，字迹虽然模糊斑驳，但是仔细辨识还是能看得出字的轮廓。这是伟大的教育家陶行之先生写的。当看到石碑和这几个字时，眼前的美景轰然间一下子被击碎了。在过往的那个时代，民不聊生，人们对死有一种解脱式的无畏。在南京曾经流传过这样一句民谚：“燕子矶头，一仰一个。”从崖顶向下望去，江水打着回旋，崖下是深不见底的深潭。跳下去，恐怕连尸体都无法找寻。于是，陶行之为了规劝一时想不开的人，写下了这么一句劝言。据说，劝言起到了一定的作用，而且有文字记载为证。现在，人们已经习惯养生，习惯长寿，习惯说多活几年，多享受享受国家给的福利，在燕子矶寻短见的人早已没有了。

在燕子矶的东北侧，有一个不大的小丘，上面建有一个三角亭，立着日军大屠杀死难者青色的石碑。1937 年 12 月侵华日军攻陷南京城，三万余名解除武装的军人和两万多名平民避居燕子矶准备渡江北逃，遭日舰封锁，并用机枪横扫，五万余人尸横荒滩。这只是震惊中外的“南京大屠杀”中一起大惨案中的一角。

矶头红石如血，抚摸这些冰冷的砾石，像抚摸着隐隐作痛的伤口，时间再往回溯，在 1840 年，英国侵略军从燕子矶登陆，直逼南京。不久，在南京下关江面的英国军舰上，产生了中国第一个丧权辱国的《南京条约》，从此中国人民走上了悲惨的道路。

在矶顶的一条窄窄的石道旁，有一棵从两块巨石间生长出来的无名树，我在这棵树旁伫立了很久。树身在石缝中弯曲而出，挺出石缝的部分树身挺拔，迎风摇曳，哗哗作响。生命是伟大的，生命力是坚不可摧的，生命不息成长不止。

呜呼，美丽与忧伤并行，历史与孤寂同路，天然与神话合奏。燕子矶，就像滚滚长江东逝水那样，用永远无法抹去的记忆，演义着、说明着、证明着、发展着、延续着、昭示着她的昨天今天和明天。

半山园

1989年，我住进了后宰门东村76号。那里靠近明城墙，挨着风景秀丽的紫金山，养成散步习惯的我很快就把脚印印满廖仲恺墓、植物园、明孝陵、中山陵、灵谷寺、前湖、琵琶湖、紫霞湖、月牙湖、明故宫、午朝门、中山门等名胜古迹，但是唯独有一个去处十分想去却无法去成，那就是距我居所咫尺之近的半山园。

半山园，是王安石的故居。王安石，字介甫，晚号半山，北宋著名政治家、改革家、文学家，三任江宁（南京的旧称）知府，两次辞去宰相之职。他在金陵任职时间久，十分喜欢金陵，辞职后一直定居金陵，并以他的名号半山为居所命名。我读高中时，正赶上全国上下开展“批林批孔”运动，我当了一段时间的解说员，将倍受推崇的法家人物王安石的变法故事背得滚瓜烂熟。后来我上学学习汉语言文学专业，对王安石精深的文学造诣有了更深了解，更加由衷地敬佩这位集政治、文学之才于一身的名相。现在我与半山园毗邻而居，但是由于它深藏于海军指挥学院内，属于军事禁区，我等闲人无法进入，从而使我想赏游半山园的意念痒撩心头，长时间无法挠解。

我觉得世上的事情，常常在冥冥之中存在着某种必然的联系，现在人们喜欢把这种联系称之为缘，也就是说夙愿只要坚守着，在某一天终究会实现的。那天，我到菜场买菜，与一位中年女士同在一摊位选购。不改的乡音，让我们惊喜地认出家乡人。一聊才知道，她在医药公司工作，老公是海军指挥学院的大校教官，住在海军指挥学院宿舍。东北人天性好客，临走时我们不忘互留家里的住址和电话。

踏破铁鞋无觅处，得来全不费功夫。主动去她家做客是我趁热打铁的选择。星期天，我先打了个拜访的电话，然后登门拜访。她、大校、女儿在家。当我们从家乡、从经历、从工作、从南京夏天的燠热、从冬天的阴冷一点点地聊开后，愉快的话题越来越多，彼此的感觉也越来越好。东北人心直口快，她打趣地说，在你打过电话后，女儿狠狠地把我批评了一气，说怎么可以把在菜场买菜认识的人也请到家里来，一点提防之心都没有。现在你看，我们聊得多好，怎么看这位新认识的叔叔也不像坏蛋呀。我笑了，连说自己是大大的好人。是啊，如果那天在菜场遇上的不是她而是她女儿，无论怎么的乡音，我们也不会认识，也不会有机会彼此走近，更不要说登门了。细想想，事情就是这么巧合，或许是我虔诚之心感动了地下有知的王安石吧。当我讲出对半山园心仪已久的心愿时，大校说，这没问题，我这就带你去。

当我和大校走过小花园、食堂、操场，进入禁区，脚步离半山园越来越近的时候，心头之痒尽情舒展和盈溢开来。

半山园，以一领青黛、一袭典雅、一抹朦胧、一腔悠长呈现眼前：灰瓦粉墙，凝重而恬静。圆圆的月亮门接驳东、西两院，西院为正院，两进三开间，朱红花木扇窗，朴素自然，大方庄重，不事雕琢，毫无辅华之迹。看上去静静的、素素的、雅雅的，有种让你静下心来，想去触摸王安石辞官而去淡泊心境的感觉。大朝宰相的居所，三任江宁府父母官的生息地，无言地向后人昭示着为官的清正操守！

院外半山之丘有一凉亭，拾阶而上，小坐片刻，凉风习习，令人心旷神怡。过了小亭，踏着石阶，在树木花草夹拥中，可以一步步地走上明城墙。站在城墙上，迎风玉立，蓦然回首，只见半山园掩映在树木中，古韵依依，恬静悠悠。

由于有大校的引领，我赏游半山园的夙愿得以实现，自那以后去的次数越来越多，而且也越来越喜欢去，喜欢的理由也从最初简单的对王安石的敬仰逐渐发展成对半山园所在地解放军海军指挥学院的喜欢。“海院”是培养海军指挥员的重要学府，既有普通高校树木成荫深结的绿意的幽长，又有部队肃静整洁的飒爽。我也是当兵的出身，对部队有着深深的情结。我觉得每次走过“海院”树木掩映的长长的甬道后，心态更为放松，更易融入半山园久远的存在。半山园以静谧深藏军中，让世人不得随意见其形，其实是得到了一种保护。现在国内好多名胜古迹一旦出名，就进入了被过度开发和破坏的怪圈。我在想，半山园的静悄悄与军校的静悄悄相映相伴，也正好符合王安石选取远离闹市的半山筑屋而居的心迹吧。

军人与军人是相通的，不管是退役还是服役，只要说是当兵的人，就能彼此亲情融通。时间一长，卫兵熟悉了我，有时看见我来，会打招呼说老兵来了，即使没有大校陪着，我也能自由出入半山园了。

有了通行的自由，就有了感知的自在。

春夏秋冬，一年四季。我最喜欢春天看半山园，柳枝垂摇，山花艳开，满目生喜。故居像是从酣畅的沉睡中刚刚醒来似的，灰瓦粉墙有了活泛的湿润的气息，窗棂盈溢着令人心动的朱红。在四周走走瞧瞧，不时有树枝轻柔地撩拨脸颊，久违的春风像爱人一样把你包裹起来，吻你、温你、暖你，唤醒你春天的欲念。

夏日的傍晚，燠热不肯从园中退去，许是离城墙近的缘故，风儿显得比别处微弱些。坐在亭内，看着落日从楼宇间许许落下，夜的幕布一点点地染上由浅入深的颜色，树上的知了，水塘里的青蛙比赛式地鸣唱得更欢，晒了一天的半山园隐在夜的怀抱里，像耕作了一天的农夫一样过早地入睡了。回去的脚步轻轻，生怕惊扰了那一帘幽梦。

秋天是成熟的季节，灿烂的时候，风是清爽的，景物是通透的。半山园没有了春天的雾霭、夏日的蒸腾，看上去格外清晰和沉稳，可以走近并可以贴近，让人进入历史和时光给予的那份经久存在的长长的思考中。

冬天，如果赶上雪霁初晴后，皑皑白雪覆盖了房舍、树木、凉亭、城墙、地面，半山园在白洁中显得更为耀眼。一行单独的脚印绕过故居，延印到半山亭。“墙角数技梅，凌寒独自开。遥知不是雪，为有暗香来。”王安石咏梅诗怦然在心底驿动。

半山园，你给予的何止是向往和心动，而是切切实实的存在和美好。

五年前，我乔迁到玄武湖畔居住，闲暇的时间留给了玄武湖，没有再去过半山园。最近看《南京日报》征“100 个人与南京建筑的故事”稿件，引起了我对半山园的回忆。上周，为了写稿件，我去“海院”，想再看看半山园，但是已经不能够了。“海院”已经不像早些年那样可以随便出入了，卫兵把我拒之于大门之外，更不要说进入禁区了。

时光逝去，是事已非。大校没有联系上，我带着些许遗憾站在“海院”大门口，向着半山园方向，默念：半山园，我来过了。

美食芦蒿

一

前不久，网络评选国内最适合居住的城市，我像追风少年一样投了南京一票。我是个地道的东北人，投南京一票是缘于对南京的喜爱，这个喜爱是南京的特色美食给予的，是切身的，也是客观的。

先说说给我留下无限好感的南京标志性美食之一——芦蒿。

芦蒿又名蒌蒿、香艾、水艾等，春季丛生于长江中下游的湖泽江畔。芦蒿虽然是野生的植物，但是早早就被古人界定了其品位和价值，在北魏《齐民要术》及明代《本草纲目》中均有记载，在明朝被列为皇室贡品。古代文人墨客曾对芦蒿有赞美评价，如古诗中："竹外桃花三两枝，春江水暖鸭先知；蒌蒿满地芦芽短，正是河豚欲上时。"词曲"蒌蒿香脆芦芽短，烂煮河豚"将芦蒿与河豚相媲美，可见芦蒿的身价之高。

南京的八卦洲特产芦蒿。八卦洲是长江里的一个沙洲，是千百年来泥沙冲积而成的，面积约为40平方公里。八卦洲四面临江，是芦蒿得天独厚的生息繁衍的良园。

我是20世纪80年代初来南京的。每年春天野生芦蒿上市的时候，太太常常是一买一大包。捡摘芦蒿是饭前的巨大工程呢！芦蒿支支蔓蔓的，要先去掉叶子，再从顶部鲜嫩处一寸一寸地掐摘，掐不动的部分就扔掉了。芦蒿有一尺扔八寸之说，掐摘一盘芦蒿要花费好长时间。我曾经对朋友说过，芦蒿虽是野菜，却十分有个性，喜欢人们对它的亲密接触。食用它，必须用手掐摘，这样才提鲜扬清；如果用刀切，对不起，炒出来的芦蒿带有铁腥味，让你无法下咽。

掐摘芦蒿确实费事费时，但是你付出了便会得到，你付出得越多得到得越多，这就是绕指留香，清香袭人，久久不去。当芦蒿清炒出锅，满屋子弥漫着芦蒿特有的清香气味时，不待入口，就感觉已经异香透体了。作家汪曾祺老先生曾这样形容芦蒿，他说“食时如坐在河边闻到新涨的春水的气味”。我喜欢这个形象而有诱惑力的形容。

吃芦蒿是难得的享受，一定要慢慢品尝。它外脆里糯、嫩鲜备至，少有纤维感。入口开始是青青涩涩的迟滞，嚼来甜里带辣哧哧作响，越咀嚼越会有浓郁清爽的感觉，野性清透，缠绵不绝，异香留齿。如果呷上几口女儿红，那芦蒿野性的跳跃与黄酒的醺醺然相交织，会有一种奇妙的清丽之感涌入心怀。

每年春初，芦蒿上市的时节，我都像过节一样迎接芦蒿的到来。

二

味道是最能够融入血液的元素，令你永生永世无法剔除它，无论你走到哪，它都如影随行地跟到哪，时时会勾起你对它的想念。芦蒿是野性的，与别的菜有着显著的不同，其味道有着特别的穿透力，让你吃过了还想吃，吃了会忘不掉。

一位朋友说过一个故事，那是20世纪80年代后期，南京金陵饭店住进了一位来自台湾的老人。老人对服务员说想吃芦蒿。服务员为难了，当时正值初冬，哪有芦蒿啊。因为芦蒿要到初春时才上市。服务员不忍心让老先生失望，把这事报告上去。饭店派人去八卦洲采购芦蒿，找了半天没见到芦蒿的影子，后来在别人的指点下，在一家老农的菜地里，总算找到了用稻草掩盖的只长出一寸多高的芦蒿，老农说这是做种的芦蒿，不能卖。饭店人员说吃芦蒿是一位台湾老人的一个心愿。老农动了恻隐之心，以每斤八十块的价格卖了一些给饭店采购员。要知道那个时候八十块钱可以称上十几斤猪肉了。当服务员把那盘清香四溢的“芦蒿炒香干”端到老人面前时，老人的眼眶里满是激动的泪水，说我想这味道想了四十多年了。原来这位老人从前曾经在南京的国民党政府里任过职，自1949年去了台湾，就再没吃到过芦蒿了。

三

芦蒿是八卦洲天然的特产，70年代，江滩上到处生长着野生芦蒿，是最鼎盛时期。野生芦蒿，靠天收，看自然的眼色，加之受运输与保鲜技术的制约，芦蒿食用时间转瞬既逝，只能算作当地的时令野蔬，缺乏广泛的覆盖性，因而价格奇高。

80年代后期，了不起的八卦洲人对芦蒿进行了养植方面的研究，经过多年探索，运用地膜覆盖、拱棚栽培、塑膜大棚等，让野生芦蒿成为可以养殖的野菜，可食用的部分比野生的翻了三到四倍，可以保证一年四季上市供应，这是造福人类的壮举。

如今，八卦洲大面积种植芦蒿，环保，无公害。芦蒿步入了蔬菜系列，成为倍受人们喜爱的食材。在深圳，芦蒿曾卖到了三十块人民币一斤，而在香港，更是创下了五十块港币一斤。八卦洲人靠种植芦蒿致了富，不仅为芦蒿注册了商标，创立了“八卦洲芦蒿”的品牌，而且还引进了保鲜技术，使芦蒿近销国内，远销海外。

种植芦蒿与野生芦蒿有一个区别，就是它的颜色。野生芦蒿杆茎呈褚红色，种植芦蒿颜色恰好契合春天的含意：绿。从杆到叶，从里到外，都由绿密密实实主宰着，仿佛把整个春天都浓缩在里面了。它绿得凝重，绿得厚实，绿得完全，绿得清爽油亮，透着江南的水气和灵气，怎么看怎么可人。因为有了春的凝聚，所以它有耐水的活性，掐好的芦蒿要浸泡在水里养着。离了水，很快就萎缩了，失去了嚼性，成了废柴。

种植芦蒿与野生芦蒿在味道上有差异。野生芦蒿味道浓烈，口感好；种植芦蒿味道清淡，含水多。

野生的和种植的芦蒿都有着一个共性，生时和熟时的样子都是很好看的。生时盈盈婷婷，鲜鲜嫩嫩，满含着泅泅水气。经过爆炒后，不仅模样依旧，而且显得更加润泽透明了，盛在碟中宛如碧玉绿簪。

看着可人，吃着清心，芦蒿着实令人喜爱。

四

芦蒿不仅是美食，而且它的药用价值也十分高。在《千金食治》《神农本草经》《本草纲目》中均有记载，现代科学研究表明：芦蒿每百克嫩茎含有蛋白质 3.6 克、糖分 1.5 克、钙 730 毫克、铁 2.9 毫克、胡萝卜素 1.4 毫克、维生素 C 49 毫克、天门冬氨酸 20.4 毫克、谷氨酸 34.3 毫克、赖氨酸 0.97 毫克，并含有丰富的微量元素和酸性纤维素。具有止血消炎、镇咳化痰、消热生津、开胃健脾、散寒除湿、止咳去烦等功效，对降血压、降血脂、缓解心血管疾病均有较好的食疗作用；还能治胃气虚弱、浮肿及河豚中毒等病症以及预防牙病、喉病和便秘。

芦蒿叶子的营养价值比其嫩茎要高得多。其叶除含丰富的叶蛋白、挥发性精油（芦蒿清香味）外，还含有维生素C和胡萝卜素、硒及多种微量元素、黄酮类及生物碱类化合物。

五

我喜爱芦蒿，每当有外地朋友来南京，我宴请的餐桌上都要有清炒芦蒿这道菜，并且向朋友介绍这是南京的特产。朋友一边食用，我一边会问，味道怎么样？常常还要追上一句说，离开南京就吃不到这个味道了。

芦蒿成了我待客的好伙伴，有了它，待客时不愁点菜了。

最近电视上报道说，正在准备出版的江苏名菜谱，已将“清炒芦蒿”收录。我为芦蒿高兴，为八卦洲人高兴，为南京人高兴。

芦蒿从野生到人工种植，从转瞬即逝的有限价值到一年四季皆可嚼食，从只属于少数人专宠的野味到走入平常百姓家。芦蒿脱胎换骨了，成为家家可食用的蔬菜，把春天始终驻留在人们的心中。

第二辑　往事如昨

母亲

一

母亲离开人世二十多年啦。我一直想写母亲，但是由于害怕自己对人生的体悟不深和伤感而写不好，造成心灵永久的遗憾，所以一直没有动笔。随着时间的推移，我增长的年龄与母亲在世的年龄逐渐相近。我常常对比着，想着母亲辛勤操劳的一生，想着母亲留给我们的宝贵的受用不尽的精神财富，在想念之中，笔端下流淌出几读几泣的文字。

母亲是一位家庭妇女，没上过学，参加工作的经历仅仅是在解放之初的几年里在街道上干点那个时候青年妇女都在干的事情。母亲在家庭生活遇到困难的时候常常抱怨自己没文化，大字不识一个，要不可以找个工作，不至于因为父亲受政治影响，全家失去了生活来源。这段我们在小时候经常听到的母亲既是自责又是教导的话，常常给我们敲警钟——人在生命之初就应打拼好未来生活的基础。

母亲孕育生产了七个婴儿，四男三女，成活长大了两儿三女。夭折的两个男婴中，第一胎男婴就是因为营养不良死去的。算起来他是我哥，他在人世间仅仅活了十个月，对世界还没有感受就永远地走了。他的死在母亲的心中留下了创伤。母亲一提起他，就抱怨我的父亲，甚至牵怒年轻时就守寡、性格十分刚强的我的祖母。我未曾谋面的大哥属龙，我属羊，这中间差四岁。这四岁的年轮就是母亲对父亲的抗议。在我长大之后我还常常能听到母亲与别人唠嗑时流露的无奈。

父亲因为政治运动，失去了工作，人几乎垮了下来，什么也不干，什么也干不了，家里的生活顿时窘迫起来。母亲知道指望父亲不行了，就与镇上几个倒腾农副产品的人一起去“倒腾经济”。农民手上有家养的鸡生下的蛋舍不得吃，而城里人想吃土鸡蛋，母亲就做收购和贩运工作，从中赚个差价。鸡蛋易碎，父母亲想了很多办法，最常用的就是用报纸把鸡蛋卷起来，放在旅行袋里。用旅行袋装鸡蛋破损率很大，但是又不能不这样做，而且要装扮成旅行的样子，躲过那个时候的检查。

从我家到长春，要走上十多公里路到一个名叫陶家屯的小站乘火车。每次去，父母亲都要起大早，有时东西多还要带上我当帮手。赶早的路总是黑的，只有星星冷冷地看着我们拎着沉重的旅行袋步履艰难地行走在乡间小路上。我人小，胆子也小，有时走过路边的坟墓，害怕得不敢抬眼睛，大气也不敢出。这个时候，母亲总是紧紧拉着我的手，使我走过那令我胆怯的路。现在我写下这段话的时候，依然能回想起那一路上哪座坟墓在哪个地方。

卖掉鸡蛋后，母亲常常从城里购买一些镇上好卖的东西带回来。我和父亲在傍晚时分赶到陶家屯接母亲。母亲奔波劳累了一天，当从火车站出口走出来时，看到我就亲切地喊我：“生，快过来！”接着脸上就有了笑容。我每次听到母亲这么喊我，十分开心，无论身上背的物品有多重，走了多远的路，我从不感觉到累。

我记得母亲生我三妹的时候，因为家里断了收入，生活更加困难，母亲在哺乳期间再操旧业。一个旅行袋里睡着三妹，另一个旅行袋里装着鸡蛋，继续奔波在农村与城市之间的路上。

母亲乐观地对待艰辛生活的态度，着实让人佩服。想想世上还有什么难题和不顺心的事让我们悲观和不快呢？

就这样，靠母亲的奔波劳碌、担惊受怕挣得的辛苦钱，勉强维持着一家人的生活。

二

我的祖母生了三男一女，父亲排行老二。祖父是山东人，闯关东到了吉林，三十几岁早逝。祖母年轻守寡养育四个子女，家里十分贫穷。父亲八岁给地主家当长工。1947 年东北解放，父亲参加了革命，成了国家干部。他怎么也想不通，对党忠诚的他，却在工作十几年后失去了工作，断了生活来源。他的精神受到了巨大的打击，落下了头痛的毛病。在我记忆中，父亲天天要服用正痛片，家里正痛片都是整瓶地买，从来没断过。父亲一生中吃了多少正痛片那是无法统计了。父亲因为有病，什么也干不了，整天在家闲着，精神郁郁寡欢，与谁都不愿意接触。

母亲不再卖鸡蛋后，家里彻底断了经济来源。没有任何办法，母亲与父亲商量把全家人的户口从城镇转入农村生产队，参加农业生产，一来靠挣工分分点口粮，二来靠分到名下的自留地种点庄稼、蔬菜自用。父亲起初不同意，但是在严酷的现实面前，不得不做出艰难的选择——丢掉城镇户口身份，加入农村生产队，成为农民。这是我懂事时记忆最深刻的事了，深深地影响着我。

在北方，妇女一般都是忙家务，下田干活都是男人的事。刚入队的时候，父亲放不下干部的架子，不肯到生产队干活。母亲到生产队出工，成了当时勇敢地破除北方风俗的新鲜事。在一大堆东北大老爷们当中，母亲跟他们一样播种、锄草、积肥、割庄稼、打场、刨冻土。毕竟是女人，力气比不过男人，比如锄地，每人一垅，母亲跟不上趟，总是落在后面。我放了学，扛起小锄头，到田里帮母亲锄地，虽然锄不了多少，但是我仍然每天都去，给母亲接一把力，尽自己微薄之力心疼母亲。现在想来依然历历在目。那时虽苦，但是付出的是对母亲的纯真的赤子之情。父亲在母亲辛苦劳动的感召下，与别人说的话多啦，精神状态也稳定啦，终于在不久后，走出了痛苦的阴影，毅然地到生产队出工干活。父亲毕竟是苦孩子出身，干农活不在话下，很快就成为一个挣全工分的整劳力。

父亲在经历了人生的巨大挫折之后，心态终于摆正了，能够养家糊口了。这得益于母亲，没有母亲最初几年在生活底层的苦苦支撑，就没有父亲的重新站起。后来，父亲还被乡亲们选为生产队长，这一干就干到了人民公社。

我们家成为了农民，日出而作，日暮而息，不再为生活整日去筹划去烦心了，生活上反而安定了，精神上也轻松了，我和弟弟妹妹也能够安心上学啦。

三

母亲是在长春去世的，火化后，父亲把骨灰捧回家。左邻右舍以及镇上熟悉的人络绎不绝地到我家来悼念我母亲，述说母亲的为人，有的说着说着就哭起来，引起我一家老小哀痛不止。父亲说，在镇上从来就没见过一个普通的家庭妇女能引起那么多人的哀思。

母亲去世后，我每次从部队回家探亲，每逢见到熟悉的乡亲，事隔多年了，他们仍然在惋惜声中念叨我的母亲，给我心灵以安慰——我有值得骄傲的母亲。

母亲是个十分爽朗的人，乐观的人，在我的记忆中，没有见过母亲因为遇到困难而唉声叹气，她总是积极地去想办法。其实细想想，母亲有生之年都在劳碌中度过，没吃过好的，没穿过好的，为家操碎了心。

为了解决一家老小穿衣问题，母亲让姐姐帮着买了一台缝纫机，开始学着用缝纫机做衣服。裁缝是靠手艺吃饭的，从来不把手艺传给外人。母亲总是厚着脸到裁缝家串门唠嗑，偷看人家做活。回来后，就学着做。慢慢的，母亲能做简单的衣服了，消息传开后，常有熟人来找母亲帮助做衣服或是借用缝纫机。缝纫机经常是从白天响到半夜，吵得我和弟弟妹妹时常睡不着觉。母亲从没有抱怨过，而且都是仔细地把每件衣服做好，并且不收一分钱，不收一份礼。我和大妹心疼母亲，学会了踏缝纫机，给母亲打下手，减轻母亲的劳累。正因为有了这段苦难的经历，我也跟着学会了一点缝纫手艺，在我儿子小的时候为他缝纫了几件小衣裳。

母亲心地善良，同情穷人。邻居骆家贫穷，常年穿衣补丁打补丁，吃饭有上顿没下顿。那年的冬天来得特早，母亲看见骆家的人穿着单衣，被冻得瑟瑟发抖，就把给父亲新做的一件棉袄送了过去。有一年，骆家的大儿子因为干活与当生产队长的父亲吵架，被他母亲知道了，大骂他儿子忘恩负义，硬拉着人高马大的儿子给我父亲道歉。父亲感叹说这些德惠都是母亲种下的，要不人家大小伙子给你个老头子道什么歉。

母亲生前死后都倍受乡亲们的称道，说她从不畏权，不畏势。母亲是直来直去敢讲真话的人，对当时的生产大队干部，只要遇上就毫不客气地数落他们工作的不是，搞得大队干部见到母亲总是绕着走，免得被数落得尴尬，母亲也因此成为乡亲们心目中的代言人，大家有什么事情也愿意说给她。我和妹妹们没少劝母亲，让她少惹“当权者”。母亲每次事后都后悔，说下次不这样了，但是一遇上事情，又义无反顾该说就说，该讲就讲。

至今我仍是佩服当时的大队干部，他们并没有因为母亲的直言而进行打击报复，反而对母亲很敬重。当年我参军入伍时，是大队推荐我报名参加体检的。我离开家乡的前夕，大队干部特意请我去吃送行酒。那是我人生中第一次喝酒，水浒英雄般地、不知天高地厚地大碗喝白酒再喝红酒。我醉了，醉得一踏糊涂，醉得五脏六腑都要吐出来一样。我痛苦地躺在炕上，伤心得不得了，我恨自己怎么这么不经事，怎么可以这么喝酒，让母亲为我担心和伤心，也会让母亲在我当兵离开她身边后更加牵挂！母亲用手抚摸我，心疼地一直喊我的乳名“生，生”，还念念叨叨地埋怨大队干部。那个晚上，母亲坐在炕上没合眼地陪着我，跟我说着话，一直到我完全恢复过来。从那以后，我知道保重自己的重要性。人不仅仅属于自己，也是属于亲人的。从那以后，我喝酒都是点到为止，再也没有像第一次醉酒般醉过。虽然母亲离开人世二十多年了，但是每当我端起酒杯喝酒时，仿佛都能看到母亲关切的目光，感受到母爱。

我家住的乡镇叫黑林子，是公社所在地，居民以农民为主，吃商品粮的城镇居民不多。那个时候，家家贫穷，就连日常生活和农用工具都置办得不齐备，干点活，做点事，常常要到左邻右舍去借，互相帮助的氛围很浓厚。如今住在城里，常常抱怨城里人关系冷漠不如农村。细想一下，关系的冷热是建立在互相帮助的基础之上的。农民需要互相帮助，懂得融洽彼此关系的重要性。

我们家生活虽然也贫困，但是与周围的人家相比还算好的。父亲有一些在城里工作的朋友，办个事容易。找在工厂工作的朋友帮着做了辆手推车，这在当时就算一个大件了。平时农活上要用的锄、叉、镐、锹、镰、箩、筛、筐等工具也都购置齐全。母亲非常好说话，不像有的人家怕工具磨损和损坏就不愿外借，只要有人上门来借，从我家没有拿不走的，用坏了还回来也从不皱眉头。母亲有句口头禅：“钱不常花，人常在！”农具用坏了，可以花钱再买，而和睦的邻里关系是花钱买不来的。

我记得我家手推车的出借次数最多，到农忙时几乎都是在一家接一家的转借中。母亲每天要清楚记住车子到了哪一家在谁的手上用，免得来借的人扑空。母亲就是因为到一个邻居家取被借走的农具，不小心被邻居家的狗咬伤，感染了狂犬病去世的。事后我们常常懊悔，如果母亲让来借农具的人自己去取，而不是自己亲自去，就不会发生被狗咬伤的事，就可能避免噩运；如果母亲被狗咬伤后不大意，及早治疗也能渡过这一劫难；如果我在家不去当兵，会用科学道理劝说母亲治疗，就不会发生这个事。所有的假设在母亲身上都无用了，一切一切的如果成了枉然。母亲，亲爱的母亲在壮年的时候永远地离开了我们，那时我最小的弟弟才九岁。

岁月悠悠，世事沧桑，母亲走了，她养育的儿女都已长大成家立业，过上了不再为吃饱肚子而犯愁的好日子。永远忘不了母亲，母亲的精神已经注入我的血液，激励我好好做人，珍惜生活。

雪恋

我是个北方人，在晶莹的雪国世界里长大，我爱雪。

当我坐在江南古城的办公楼里，写下这番话的时候，天正下着雪。雪花纷纷扬扬，像是因我的思念而飘然造访我似的。人，真怪呀，当你拥有她的时候，并不觉得她的可贵；当你失去她的时候，你才觉得她的可爱，才如饥似渴地想她。

当我在北国拥有雪的时候，我并不知道珍爱她，而是骂她，恨她，甚至咒她。现在想起那时候，是生活的重负过早地压在了我嫩嫩的肩头，冰雪的寒冷给我的印象太深的缘故。从我懂事起，父亲被下放了，失去了工作，断了生活来源。我最害怕过冬天，吃得不好不说，有时连烧火做饭的柴火都没有，何谈取暖了。我常常背着篓子，穿着风一紧就凉透了的棉衣，踏着厚厚的积雪，到被雪覆盖着的高粱地里踢茬子（高粱收割后留下一尺左右的茬子，冬天会冻得硬邦邦的，踢一脚就断了，一般是等来年开春时连根刨出的，但这是我们男孩最喜欢的一种拾柴方式），背回家烧火做饭。后来全家加入生产队，每年秋后都能分点庄稼秆棵，烧火的问题才有所缓解。入了队，我也成了小生产队员，一到冬天，我常常起大早，挎上粪筐，走大道，转小巷，拾粪卖给生产队作肥料，换几个辛苦钱，贴补家里。冬天拾粪在当时北方的农村很普遍，从事的人很多，如果睡懒觉，收获就甚微了。我至今保持的起早的习惯就是那时养成的。每年春节前，我都要背上黏豆包、冻豆腐走上近十公里冻得溜滑的雪路，乘火车、转汽车，给生活条件略好的姨家送去，常常得到姨家赐给的一些钱物，略补寒年……

穷人的孩子早当家，生活的重负使我饱受了风雪的冷酷，哪会有心思领略风花雪夜？现在想来，家境虽然贫寒，生活艰辛，风雪给我身上留下了每年都复发的印迹——冻疮，但是我从不诅咒生活的艰辛。正是艰苦的生活，磨炼了我的意志，培育了我不畏艰难的个性，这大概是我爱雪的原因之一吧。

我对雪的印象的转变是在我参军离家的清晨。那天我穿上新军装，背上背包，在母亲泪眼目送下，依恋不舍地踏着积雪，到公社集合。上了帆布篷汽车，我知道马上要离开家乡了，这一去不知何时才能回到生我养我的家乡，心头一阵酸楚。不远处的土坡上是父亲和大妹的身影，我不敢去看他们，因为泪水已盈眶，多看一眼都会禁不住哭出声来。

我强忍着把目光移向别处。突然发现，往日里我所憎恨的冰天雪地变得异常美丽可爱。冬雪将村镇紧紧地包裹起来，闪着耀眼的银光。天是白亮亮的，地是白亮亮的，房子是白亮亮的，满目皆是洁净的银白。最令人惊异的是路旁的树木，枝条上满结着长长的雪絮，枝枝蔓蔓，交错网连，沉沉累累地向下垂着，蔚为壮观，宛如安徒生笔下的童话世界。

前几天看电视，得知人们为了去吉林看雾凇，不远千里奔去，一睹天公的创造。雪国世界已经是一大景观了。我觉得家乡冬雪的美景，可以与闻名遐迩的吉林雾凇相媲美。其实在东北的冬天到处可见这种奇观。

那一刹那，我震颤了。雪真美呀！可惜我就要离她而去，再也没有充裕的时间让我细细地、慢慢地来赏她、吟她、赞她啦。人最大的哀痛莫过于生离死别，当我发自内心地对雪产生恋情时，却要离她而去，留下了雪白的依恋。

汽车启动了，雪渐渐地离我远去，我久久地望着皑皑白雪，心似乎是被什么堵住了，是那般地揪痛和无奈。

一转眼在南京住了十几年了，对雪的爱恋与日俱增。记得一年春节放假，一家人饭后看电视节目，电视里正播放一部北方的电视片，屏幕上一派北国风光、雪国世界。看着看着，我禁不住心头一热，热泪夺眶而出。妻儿惊呆了，以为发生了什么事。她们越是追问怎么了，我的泪水越是流得多，最后放声大哭起来。那是我哭得最伤心、最酣畅的一次。

随着时间的推移，我对雪的恋情凝成了情结，似乎只有雪才能溶解。每到冬季，我十分关心天气预报，一见寒流南下，心里禁不住怦怦然：令我思念的雪要来啦，雪来看我了，我能够看到雪啦。我庆幸不在海南工作，若是那样，我的一腔雪恋，终没有爱心如愿的可能。

窗外晶莹的雪花在飘舞、跳动，像无数纯洁的白精灵，降落人间，给人以玉白、以圣洁、以美韵、以启迪。

写到这里，我放下笔，要去户外尽情拥抱我爱着的雪。

葱之味

在南方生活二十多年啦，轻易不在白天吃葱，也从来不在公开场合谈吃葱。因为南方人不吃生葱，而且反感生葱的烘味。既然生活在不喜欢吃生葱的人群中间，我就不能因为自己的喜好而引起周围人的不满。但是，俗话说，江山易改，本性难移，要是真的让我改了吃生葱的习惯，也是万万不能。因为葱是我身处生活困难时期唯一能令我愉快进食的佐菜，它的味道和养分已经深深融入我的血液里。葱成为我一生中分不开的伴、解不开的缘。

小时候的东北，春天其实是一年四季中最为艰难的时候。现在经常读到作家和诗人用美好的词语歌颂春天，对那个时候的我来说，找不到对春天美好的感觉。春天的时候，存储了一冬天的白菜、土豆、萝卜吃得差不多啦。大地虽然回暖，但是地里还不能马上长出蔬菜来。吃的是高粱米、苞米面等杂粮，几乎没有豆油，如果再没有下饭的蔬菜，那个饭真是难以下咽。春天就是盼望蔬菜快快生长出来的等待着的日子。

葱在地里埋上一个冬天，冻得僵如冻土一样，而随着春风一爽，葱就顶着嫩绿从复苏的田里钻出来。顺着垅台望去，宛如一队队绿色的维和士兵，油绿绿的，尖挺挺的，惑诱诱的。葱成为最早冲破春寒在黑黝黝的土地上展示顽强生命力的蔬菜之一，也成为救急救难的能让人吃饭倍儿香的蔬菜之一。掐上几根嫩葱叶，蘸上大酱，有没有其他蔬菜都无所谓，就能把大碗大碗的难以下咽的高粱米饭、玉米面饼子，在葱的佐食下，吞咽腹中。在我家房前的园子里，每年秋后都要留下几垅地的葱不挖出来，就是为了接济来年的春荒。在那长身体的日子里，是葱的相濡以沫、舍生舍身的陪伴，才有了我身体的健壮长成，才有了我对葱的深刻理解，才有了我对葱永不言弃的情怀。

我佩服葱的顽强生命力，同时也爱吃葱、种葱和栽葱。它好种好活，有土的地方就能生长。种葱和栽葱是葱的两种生长方式。种的葱，只能长成小葱；而把小葱从地里连根起出来，栽在破开的垅沟里，把葱栽进去，压上土，这叫栽葱。随着葱的生长不断地培土施肥，一个夏天过后就长成了大葱。土培得多高，葱就长多高。我家的葱长不大，因为一个夏天，天天吃葱嫩叶，影响葱的生长。我不仅仅在吃饭时吃葱，就是平时如果走到葱地里，看到绿油油的葱就馋得不行，就顺手掐几根鲜嫩葱叶，叠个三角，蘸上酱，吃得满口异香。现在想想那个时候的吃法，仍是口水涌流。

现在过上不愁吃用的日子，好吃的食物丰富啦，而我仍是对葱情有独钟。太太常说我好伺候，从来不挑食。有时候家里没有什么菜，我剥上几棵葱，泡上大酱或者酱油，就可以吃完一顿饭，而且吃得满嘴香喷喷的，让太太看得十分诧异并食欲大增。她常常疑惑我为什么不像有的男人那样，如果家里没有好菜，就像是太太欠了他什么似的。是的，没有可口的菜，太太会抱怨，而我无所谓。只要有葱就行啦！不把菜当回事，其实是打小艰辛的生活养成的习惯。一棵葱一碟酱就可以吃一顿饱饭，这是生活打造的结果。

常在报上读到说吃葱如何好，葱如何有营养。随着现代科学的研究，已经发现葱能抗癌、能美容。当然民间传的顺口溜“一根葱三分钟”，那也是把葱的功能捧上了天的夸张。小的时候听过这么一个故事，说的是有个后妈，家里有两块地，一块种的大葱，一块种的香瓜。她让前妻的儿子看护葱地，让亲生儿子去看护瓜地。一个夏天过后，前妻的儿子长得小脸红朴朴的，身体壮壮的。而她亲生儿子长得小脸蜡黄，瘦成了猴子一样。这个故事就是告诉人们葱的奇特功能，给厚此薄彼的后妈打了脸。我从小就知道吃葱能强壮身体，吃香瓜正好相反。现在看来，歪打正着的吃葱的习惯反而是健康之道，祸福相依的道理在生活中随处可见。

葱的用途广泛，可以当佐料，如葱花、葱段；可以同肉类爆炒，如葱爆肉、熘葱段；更可以生吃，当然讲究一点的可以来个小葱拌豆腐，那是一道好菜，而且还是带有正义感和廉洁意味的菜呢！

葱有味道，所以从来不生虫，与农药无缘，可以说是环保和绿色保健食品。如果吃得习惯，会觉得那是美味，是美食。葱好吃的时候，不是春天，也不是秋天，而是夏天，尤其是伏天。独葱辣，双葱香。双葱也称作蘖葱，即是从老葱的根部生长出来的新葱，那根新葱是又嫩又香的葱，味道美极了。住在城里想吃上蘖葱，可是难上加难哪！

一个人能保持多年的习惯而不改，确实是件了不起的事情。离开家乡走南闯北二十多年，我能接受各种吃食和风味，但是我更爱吃葱，即使是满桌丰盛的菜肴，葱仍是我的第一选择，当然是悄悄地躲在家里吃哟，因为我还依然生活在南方。

豆之趣

去菜场，每次路过卖杂粮的摊点，禁不住望上几眼，时间充裕时还会停下来，看看问问，因为总觉得有一种情绪在心里难舍难分地牵扯着、揉搓着。可能有人会问，杂粮摊点有啥好让你心牵呢？是的，能让内心产生波澜的那肯定是积蓄很深的情愫。杂粮是我从小到大赖以生存的主食，不仅把我喂养成精壮的北方汉子，而且还给我带来了童年游戏的乐趣。

儿童，玩是天性，幻想是本能。我在儿童的时候，也是一个贪玩的孩子。那个时候家长为了生活所累常常顾及不到孩子，不让孩子饿着就是尽到了父母的义务。给孩子提供玩具或者是带着孩子玩，利用玩来开发孩子智力是现在的父母的必备作业，那个时候我连想都不敢去想。玩是要靠自己动脑筋的事，小小年纪的我已经懂了这些。

我生长在东北松嫩平原，那里盛产的是五谷杂粮。吃的是杂粮，烧的是杂粮的杆棵，而我要玩的玩具也取材于杂粮。玉米，脐心处有尖角，手感不好，玩会伤手；高粮，手感不如玉米不说，而且粮粒过小；谷子，粒小得更不用提；黄豆圆得可爱，但是也存在个头小、易滚动、把握不易的缺点。唯有豆角粒成为我的首选。它个头大，容易有手感；豆皮厚实经磨，滑溜且有光泽；形状扁圆肥厚饱满，稳定性好；而且花色丰富，有深红色的、金黄色的、玉白色的、墨黑色的，还有黑白相间的、虎纹斑驳的，煞是讨人喜欢。尤其是秋天一到，没有吃完的豆角与其他的庄稼一道成熟了，当坐在家里的火炕上，手剥豆角皮，让丰满圆鼓的豆角粒滚出来时，心里别提多么快意。

豆角粒没有电动和机械支配的动感，缺少玩具的形态和触角，作为玩具比较抽象。玩，完全凭想象力。我玩的内容是两军对垒，捉对厮杀。在炕上，把剥出来的豆粒按品种和颜色分成堆，从每堆中挑选出饱满个大的当元帅、大将，瘦瘪的当伙夫，怪异的当军师，其余的都是作战士兵。想象和现实中的“战场”和“战斗”就在脑海中开始了。对方出将出兵，己方出将出兵；对方侧翼空虚，己方偷袭猛攻；对方支撑不住派谋士讨来救兵，己方连败几阵赶紧退守有利地形……战斗不断在想象中借助豆子演义着，心情随着豆子的开枪放炮、运筹帷幄、短兵厮杀、追剿残敌……兴奋着、舒展着，满足着。

游戏的兴趣和方法全凭想象力和创意以及瞬间意念的捕捉来完成。豆子是想象中的符号，是拟人化的充满活性的替代品。既是无形的、无定规的、无外力的，又是有形的、有生命的、有内涵张力的，当然可以任意而为，没有任何约束和程序性，是充满想象的智力游戏！敌我双方存于一心，胜败存于一念，荣辱存于一己，生死存于一体，自己是主宰战争命运之神，得失、胜败、福祸、荣辱都由自己承担和感受，并且都在自己的掌握之中。

小小的豆子给我带来了无尽的欢乐！

收获的季节是脸上挂着喜悦的季节，也是我在儿童时游戏玩耍得最为开心的季节，尤其是豆子刚剥出来的头几天里，常常是一玩就是半天。

现在想想那个时候的游戏依然历历在目，常会心一笑。

说到这，我要感谢父母，无论我在炕上怎么玩，有时豆子大战的阵式摆得一炕都是，让来串门的人没有落坐的地方，父母从不呵斥我、吼骂我，也不给脸色警告我，给我幼小的充满幻想的心灵一块完全自由驰骋的天地，一块美好得可以尽情想象的伊甸园，它爱护和培养了我的童真和天性。

说实话，那个时候家里贫困，饥一顿饱一顿是常事，但是我的精神成长始终是愉快的、幸福的，这是生命之歌中最为灿烂的一章！

当然，豆子作为我的兵丁猛士，在几场大战之后，会随着家里的每日用餐逐渐化为腹中之物。它扮演的是稀为贵的角色，与比较难以下咽的高粮米一块煮食，达到了相当好吃的程度。

我特别爱吃豆饭。也只有产于北方黑土地上的豆角粒才有那么好的口感。我在南方生活二十多年啦，只吃过青嫩的四季豆，从来没有见过像东北那么好吃香嫩的、品种各异的芸豆角。我经常跟家人谈起豆饭，惹得一家人垂涎欲滴，喊着要吃。说真的，当我把买来的豆子（当然不如我小时候玩的豆子好看）与大米一块煮食，家人吃过后，都说找不到我说的那种芳香可口的味道和感觉。我好是无奈。我想，这个豆角粒美好的感觉只能留在我遥远的记忆中啦！

永远忘不了豆子，它与我结下了玩耍的缘，伴我度过了美好的童年。

肉之诱

邻居年轻时骑马摔断了腿，截了肢，拄个单拐走路。他虽然腿瘸，却是见多识广，从他嘴里经常能听到新奇故事。他讲过一个富人与穷汉比赛吃肥肉的故事。

镇上传说一个富人有吃肥肉的本事。一个穷汉不以为然，说吃肥肉算什么，如果有肥肉让他吃，也能做到天天不断顿。富人听后，对穷汉说，肉是肥的最香，能吃是福，怕你没这福呢！穷汉不服气。富人说，好吧，咱们比一回。

富人吃肉有一绝，把带肥膘的肉先是用水煮熟，然后盛在一个铁盆里，放入佐料，上锅蒸。肉蒸出来后，香软软的，油汪汪的，乳白白的，既好看又好吃。

第一天，穷汉馋相大显，敞开肚皮猛吃；第二天，冲劲十足，又吃了很多；第三天，肚子有点不争气，开始咕咕鸣叫起来；第四天，还没有开吃，哗啦啦地拉稀了，他硬挺着，坚持把当天的肉吃完。到了第五天，他拉稀拉得躺倒了，对富人说，福气不是人人都有的，我没这福，服你了。

这个故事我一直记着，在我儿时的脑海里曾经起着强烈的物化反应。肉究竟是肥的香，还是瘦的香，我总想得出个亲身体味的究竟。但是那个时候，家境困难，吃饭都成问题，哪有肉分出个层次让我做比较呢?如果有一口肉到了嘴边，会狼吞虎咽地把它消灭在腹中，根本不会去品辨哪个部位给人的味觉如何。就这样，我始终没有搞清楚肉香之最来自哪个部位。到了现在，物质条件极大丰富，我有能力对肉做出切身品评和比较的时候，却因为自己已经处于与肥胖作持久斗争的阶段而不敢冒险了。

这令我想起《我要去桂林》那首歌。想去桂林的时候，手上没有钱；当你有了钱的时候，可能又会没有时间或者没有心情再去；人生中充满了无数的无奈和遗憾，事物少有两全的时候，如果当它有属于你的机会，千万要尽最大能力抓住，那么你就会收获宝贵的精神财富，受用不尽。

肉是金贵的。那个时候，街上几乎看不到卖肉的，即使有卖肉的，家里也没钱买。吃肉，必须靠自家养猪才行。在东北，养猪十分不易。一是天冷，影响猪的生长；二是猪饲料是谷糠加蔬菜和洗锅水，营养差，猪生长得慢。养猪是个细活，我家养猪的重任全由母亲和大妹担起来。为了让猪吃饱吃好，母亲和大妹剁猪食，煮饲料，收集泔水，一年忙到头，虽然付出了无尽的辛苦和劳累，但是只见猪活着，却不见长膘。一头猪，往往养了快两年，才长五十多公斤。

现在时下养宠物成风，常常能读到有关人与宠物结下情感方面的报道和文章。养猪久了，人与猪也会产生无可言传的情愫。猪是聪明的动物，母亲和大妹一走到猪圈旁，猪就走到圈门口冲着她们发出友好的叫声。如果是我和弟弟到了猪圈旁，任我们怎么叫喊，猪仍躺在猪圈里，对我们不理不睬。母亲喂猪时，喜欢与猪絮絮叨叨地说话，我对母亲说，猪不懂人话，说了有啥用？母亲说，动物是通人性的，虽然不会说话，但是懂得用肢体表达情感。对待它们，要有善心。大妹喂猪没有经验，有时猪食喂得少，半夜里猪饿得在猪圈又蹦又叫，吵得人睡不着。父亲生气地拿棍子教训猪，不让它叫。但是父亲一回屋，猪又闹腾起来。每每这个时候，无论外面天有多冷，或者刮风下雨，母亲都会起床，点火舀水煮猪食。猪肚子有了充饥的食物，就不闹了。母亲对父亲说，猪是畜生，不懂得忍受，饿了就要吃，打它没用，还不如少睡一会儿喂喂它。

每到杀猪时，我与父亲赶着猪去屠户家。猪杀了，肉卖了，母亲总会难过一阵子。那一阵子，我经常看到母亲站在空空的猪圈旁，一副失神的样子。当一家人坐在火炕上（时常也有邻居来蹭肉吃），大口吃着母亲炖好的刚刚屠宰的猪肉时，母亲总是吃酸菜，不动一筷子猪肉。每次我都给母亲夹肉放在她的碗里，母亲从来不吃，夹回给我。说，生儿，你多吃吧。你是男子汉，要有好身体，身体是闯天下的本钱。说来惭愧，到我当兵称体重时，我才知道自己只有 48 公斤。

当时我觉得母亲舍不得吃，是心疼父亲和我们，有肉让我们多吃。时至今日，当我提笔写到这一段经历的时候，细细想来，母亲不吃肉，除了是为了我们的身体着想外，另一个原因是她异常地重感情，她不忍心吃她亲手喂养长大的猪的肉。我家喜欢饲养家禽家畜，鸡鸭鹅兔狗猪羊都曾饲养过，母亲从来不吃她饲养的家禽家畜的肉。

后来，我当兵到了部队。吃饭不成问题了，而且还能吃上肉，虽然受伙食标准限制，每周只能吃上一两次而已，但是对于过去一年才能吃上廖廖可数的几次肉的我来说，已经是进天堂了。

在部队虽然能吃上肉，但是仍然解决不了馋虫。因为连队烧肉一般是把肉混在菜里烧，连队上百号人，可想而之，盛到每个人碗里能有几块儿？吃肉多数是吃个味道。

人是最能适应环境的，也最能改善环境。那个时候，为了吃肉，兵哥兵弟个个施展本事，尽最大能力地拓展吃肉的空间。当时最为流行的做法是：老乡和好友之间吃请。因为每个连队吃肉的时间不统一，所以我们学会了打时间差。一个连队吃肉，老乡和好友提前电话告之，引来众多的闻香而动的战友。部队有不成文的待客之道，来了老乡或者好友是可以多打一份的。因此，一个连队吃一次肉，一般要准备出两个连队的量。如果到了开饭前，某个连队的军人突然多了起来，那肯定是炊事班烧肉了。

我在连队待了一年，因为笔头子来得快，被抽调到团政治处从事新闻报道工作。从事新闻报道，腿必须跑得勤，嘴巴问得要细，与人打交道要多。那时年轻，身上没负担，心里没杂念，一门心思写稿子。我们部队是搞基本建设的，连队分驻在各个工地上，去连队，一般是走着去，一去大半天。中午常常赶不回来，在连队赶上什么就吃什么。时间长了，老乡间联系得多了，连队的干部认识的也多了，他们常常事先把吃肉的消息告诉我，让我有意识地安排去他们连队采访，名正言顺地吃肉去。那个时候我真是好开心好快乐好惬意，马不停蹄地一个连队接一个连队地一一错开地跑，既经常有机会看望老乡，饱了口福，又较好完成了团部交给的新闻报道任务。

现在回想起来，真要感谢小时候经历的苦难日子，苦难使我对肉有一种自然的本能的垂涎和欲望，为了能多吃几次肉，那几年，自己跑连队多，了解情况多，写稿子也多，新闻报道工作做得出色，部队两次给我记三等功，并把我从战士提拔为干部。吃肉与写作在不知不觉的交融中，灿烂出一块新天地，使我受益无穷。

80 年代初，自己有了小家，不再天天吃部队的食堂，也不再去蹭连队战友的饭了。吃饭可以凭自己的意愿而为，但是由于那个时候商品和物质匮乏，吃什么用什么都计划供应，政府发的粮票、布票、油票、糖票、肉票、酒票、烟票、肥皂票、煤票……都得保管好，生活要算计着过，还不到随心所欲的时候。

按计划吃肉，带来了人们对肉的部位的选择。因为每个月的肉票是定量的，如果买到了肥膘厚的肉，除了多炼了点大油外，吃到嘴的实物少了许多，不划算了。因此赶大早排队买肉是男人的必修课。

起大早，春夏秋算不上什么，唯独在天寒地冻的冬天才是考验，如果赶上雨雪天，站在瑟瑟的寒风里排队，那个滋味，可想而知。

一个冬天的早晨，我起了个大早，队也排在了前头，当轮到我指着瞄好的肉让小刀手切割下来时，伸手掏衣兜取装有肉票的钱包时，突然发现衣兜空了，钱包不知在什么时候丢了。四下看看，哪有钱包的踪影！那一刻，沮丧、愤懑、无助像是打碎的五味瓶，一齐涌上了心头。到手的肉买不成了，回家的路，异常的漫长，脚步亦出奇的沉重。

一家人的肉票都丢了，意味着以后的日子吃肉成了问题。没肉吃的日子我过过，而部队家庭出身的太太和改革开放后出生的儿子都没有经历过。我能够承受的，他们能够承受吗？我心里十分揪痛，儿子可能是遗传了我爱吃肉的细胞吧，他特别爱吃肉。怎么办？我如何对他解释呢？他连丢失是怎么回事都不清楚呀！

太太的同事们知道了我家发生的事情后，纷纷你给一张、他给两张地给了我们很多肉票，帮助我们渡过了吃肉的危机时刻。太太念叨说，还是有单位好，遇上困难，大家热心地帮上一把，虽说弥补不了损失，但是心里得到了温馨的安慰，这是难能可贵的。

在那以后相当长的时间里，我不再使用钱包，钱和票证类的东西，散放在衣兜里。心想小偷不可能偷遍我全身吧，即使被偷了，损失只是小小的。

生活在不知不觉中发生着变化。票证取消了，开始还不习惯，怕连计划经济时候的额度也吃不上呢。想不到，日子一天天地变得越来越好。如今，人们不再为吃不上而犯愁，而在为吃什么而犯愁。不再为填饱肚子而犯愁，而为日益增长的体重而犯愁了。人们以吃野生的、吃稀有的、吃高山上生长的、吃深海里提炼的为上档次，以吃特殊部位，如吃鸭头、吃牛尾、吃羊颈、吃猪脚找味觉。猪肉渐渐退出了宾馆的餐桌，退出了正常接待朋友的宴请，退出了主打地位。

虽然我现在因为体重、血脂、胆固醇，很少碰猪肉了，吃肉渐渐成为了历史，但是我依然怀念过去吃肉的日子。那个香，那个爽，那个开怀饱吃，那个狼吞虎咽，那个吃了还想吃，那个要了还想要的感觉，一直深蓄在我的记忆中，散发着永恒的醇香。

话说豆腐

一

豆腐是我最喜欢吃的美食之一。当朋友请客让我点菜时，我常常首选豆腐。朋友错以为我有意为他节省餐费，我说不是的，我是真的喜欢吃豆腐。话音刚落，同桌的餐友往往趁机打趣，呀！老哥爱“吃豆腐”，是“嫩豆腐”吧！真会“大补”呀！我听得出餐友借题发挥的意思，连连嘿嘿笑着解释说，别误会，我是真的喜欢吃锅里烧出来的豆腐。餐友反诘，是呀，我们也没有说你吃别的豆腐！顿时，满桌爆响了哄笑声。

我知道关于吃豆腐的话题我做多少解释都无用，解释得越多，大家打趣的花样也越多，赤橙黄绿青蓝紫什么都会端上来。经历过这么几次，我不敢在餐桌上再提吃豆腐了。如果碰巧遇上和我一块吃过饭的餐友又坐在一张餐桌上，他们会提前说，不用问了，给老哥上豆腐，他好这一口。搞得我笑也不是，恼也不是。

二

对于我来说，喜欢吃豆腐，是艰辛生活打造的烙印。

在养育我长大的黑土地上，冬尾春初吃菜一直是头疼的事。冬天，天寒地冻，菜的主要品种是储藏在地窖里的土豆、萝卜、大白菜，另外还有一种被唱得出名的菜，叫“酸菜”。不像现在，有了塑料大棚，有了南菜北运，有了大鱼大肉，菜的品种十分丰富了。但是在那个肉类和食用油短缺，上顿是粗粮，下顿还是粗粮的单调且寒冷的日子里，翻过来调过去地吃这几种菜，哪还有胃口？

东北盛产黄豆，那是从黑得冒油的土地里生长出来的天然绿色食粮。黄豆好吃，黄豆加工出来的豆腐更好吃，这是东北黑土地的骄傲！一进入腊月，家家户户要蒸豆包做豆腐。豆腐刚做出来时，热气腾腾，白嫩诱人，我常常等不及豆腐凉下来，赶紧铲上两块，拌上黄豆酱，狼吞虎咽吃起来（写到这里，我想说几句题外话。从小到大，无论我做了多么出格的事，父母亲从来没有责备我。比如这种吃豆腐的馋相，还有偷偷把鸡刚刚下的蛋煮了半熟就吃了等劣行，父母知道了连问都没有问过我，看见了就像没有看见一样，让我在一个十分自由、十分快乐、十分宽松的环境里成长，这对我乐观心态的养成以及友善地待人待物起到了良好的培养作用）。豆腐保鲜时间短，吃不下的，就得放在冰天雪地的户外做成冻豆腐了。那接下来的几天，家里上顿吃豆腐，下顿还是吃豆腐，管饱、管够、管解馋。畅快淋漓这个词在那个时候使用才是确切的。那是我永远忘不了的美好时光，是神仙般的日子。

有了豆腐，不等于就可以整天生活在由豆腐创造的美好生活里，因为家里从生产队分到的黄豆数量毕竟有限。做完年豆腐，便宣告这一年家里加工豆腐的使命结束了。其实，吃豆腐也就是快活那么几天，剩下的日子，依然是以“老三样”为主，只不过“老三样”里偶尔增添了冻豆腐的身影，也使“老三样”变得美味起来。漫长的寒冷的冬天过后，“老三样”所剩无几，春缺的日子到了，唯一的指望就是豆腐了。

有人加工豆腐，也有人整天推着车子沿街吆喝着卖，但是豆腐要花钱买。家里不富裕，每次吃豆腐，都是“千呼万唤始出来”，又因为买得不多，烧好的豆腐刚刚端上桌，就风卷残云地被吃光了。所以在那个春天里，常常是咸芥菜疙瘩就粗米饭，不要提有多么难以下咽了。吃一次豆腐宛如过年的感觉了。

就这样，终日无法满足的期盼成就了对豆腐的特别喜欢，不仅成为欲望的一部分，也成为身体的一部分，因为豆腐在漫长而持续不断的渴望中融入身体的细胞，成瘾成痴。我记得当时心里曾有过一个念头：以后有钱了，天天吃豆腐！

离开家乡二十多年了，由于在江南定居安家，回老家的次数有限。人是感情动物，越是远离，越是遥不可及，越是思念。除了更多的思念亲人外，家乡的豆腐不时地闯入我的梦乡。我天南海北地跑了很多地方，对豆腐的喜欢，使我每到一个新地方，都要特意品尝当地的豆腐。说实话，最好吃的豆腐还是家乡的。并不是因为我有家乡情结，而是家乡的豆腐确实好吃。原因有三，一是那里是盛产世界著名的东北大豆的地方；二是水质特别，深井水；三是有祖祖辈辈传承下来的做豆腐的工匠。每次回家探亲，我第一个要吃的就是炒干豆腐。当初和太太恋爱时，带她回家，我让家里上的菜就是豆腐。她吃了直叫好，说，你们这黑不溜秋的地方真行，我长这么大了也没吃过这么好吃的豆腐。是的，给太太的第一印象，豆腐给博了个全彩！

前不久，中学同学来南京出差，事前打电话问我想带点什么。我说，带干豆腐（在南方称千张）吧。他带来了一个纸箱子，装了十多公斤，这是我拥有豆腐数量最多的一次。我留了够三天吃的量，其余的冻在冰箱冷冻室。那些天，豆腐成了餐桌上的主打菜。说实话，家乡的豆腐不仅让我喜欢，同样也征服了从小在南京长大的儿子。那些天，他一进家门，就喊着炒干豆腐。看着儿子开心快乐地吃着，心里美滋滋的。下次回老家，不用我开口，儿子知道点什么菜了。

三

有一次，我出差到安徽，看到到处都是淮南豆腐节的宣传广告。一询问才知道淮南是豆腐的发祥地。据说，汉高祖刘邦之孙淮南王刘安在淮南寿春城北山与“八公”炼长生不老的灵丹妙药。一次炼丹时，偶尔将石膏点入豆浆之中，由此有了我们能够享受的仙品——豆腐。可以说，豆腐既是我们古人对人生不懈追求中的意外收获，也是大自然对人类的厚爱！它是人类智慧的结晶，是国人引以为豪的古代发明，这个发明带有强烈的中国特色呢。

豆腐的诞生十分神奇。豆腐既可以当主角，单独烧炖煮炒炸煎，成为美食，如麻婆豆腐、家常豆腐、东坡豆腐等这些耳熟能详的名菜；也可以当配角，与其他菜混合烧炖炒烩，给主菜提味，如皮蛋豆腐、鲜鱼炖豆腐、千张裹肉、芦蒿炒香干……令我们百吃不厌。好的厨师能够做出一桌丰盛的豆腐宴。随着时代的进步，豆腐的“家族”越来越庞大：豆汁、豆腐脑、豆腐干、素鸡、千张、五香干、茶卤干、豆腐果、毛豆腐、臭豆腐、干丝、内脂豆腐……不一而足。豆腐是属于老少咸宜、妇乳皆益、贵贱都爱的美食，它的适宜性是任何菜肴无法比拟的，并且具有甘凉清热、生津润燥、解毒补中、宽肠降浊的药用食疗价值，具有与肉鱼蛋相当的蛋白质丰富之优点，深受人们喜欢。

豆腐可以说是国粹，由豆腐产生的故事也相当多，如与宋朝开国皇帝赵匡胤有关的凤凰汁，与明朝开国皇帝朱元璋有关的珍珠翡翠白玉汤、虎皮毛豆腐，与清朝乾隆皇帝有关的乾隆豆腐等，都成为流传至今的佳话。

豆腐给人的感觉柔弱和不堪重负，一副令人怜悯的模样，但是却成方成块，在锅里怎么烧、怎么煮、怎么炸，都不萎缩、不变形，表里如一，坚挺如初。

喜欢豆腐，除了因为其味美，还因为它的品性。

遥远的年味

年关近了。

年跟别的节日不一样，越是迫近，人们的心头越是会平添一丝乡愁，一缕思绪，一抹期盼。

年，年年过，年年增。人一出生就与年结下了不解之缘。世之万物，与人一样，都与年保持着密切联系。年，作为时间的量词，不断丈量我们的生活绵延；作为神话故事，一直在民间流传；作为时空的轮回，循环往复以至无穷。

有人问：你对年印象最深是什么时候。我会说是小时候，那是年味浓浓、在记忆中留下深刻印象的时候。在北方，一进腊月就有过年的气氛了：家家户户忙着蒸豆包，做豆腐，杀猪，办年货；小孩子们放寒假了，溜冰，打雪仗，踢毽子。近了年跟前，写春联，贴年画，剪窗花。到了年三十，吃完了年夜饭，就开始包饺子了。包饺子是除夕夜必备的项目，无论家境多么贫寒，这饺子都是要包的。包饺子先和面，“包”与“和”字都有和谐、和睦的意思，饺子的饺和“交”谐音，有“交子”之时、团聚之意，所以饺子象征和和顺顺过新年的祈望。临近子夜时分，鞭炮声此起彼伏，空气里充满了浓浓火药味。锅里的水烧开了，饺子下锅了，吃饺子（交子）时辰到了。大年初一照例是被鞭炮声吵醒了的。拜年是小孩子喜欢和令人兴奋的礼仪活动。嘴甜甜地大声喊着拜年话，不光能得到好的吃食和祝福，偶尔还能得到压岁钱。

初一过了，闹年的活动相继开始了。各村组织的秧歌队扭进镇子里来了。喇叭高昂欢快地吹起来，长长的秧歌队扭起来，看热闹的男女老少围上来。现在提倡全民健身运动，我觉得扭秧歌既是健身运动，又有喜庆气氛，完全符合建设和谐社会的要求，值得全面推广。秧歌队每扭到一个单位，那里的人早早举着鞭炮候着。喇叭一吹，秧歌一扭，鞭炮点燃了。顿时，鞭炮声、喇叭声与扭动的舞步交织在一起，构成一幅喜庆的民俗风情画。鞭炮放得越响、越久，秧歌扭得越是热烈和奔放，赢得观众一阵阵喝好声。

小时候好奇。特别喜欢看踩高跷的，那身披彩衣、脸描艳妆的模样，那一拧一扭的婷婷娜娜的身段，让人错以为是天仙下凡呢！小伙伴跟我一直争论不休，说踩高跷的是男人装扮的，我不信。一次一个踩高跷的中途离开秧歌队，向一个偏僻的巷子走去。我和几个小朋友跟在后面，看到那人看看对面没行人过来，依着墙角，动手解裤子。我们一下跑开了。小伙伴说得对，踩高跷的跟我们一样，是男的。看穿了谜底，心里好是遗憾，他怎么不是仙女呢？那么美丽动人！

最为刺激的活动要数抢鞭炮了，这是男孩子的专利。女孩子总是牵着大人的手看秧歌，娇滴滴的。我们男孩子不跟她们学！哪里有爆竹响，哪里就有我们的身影。放鞭炮很有讲究，鞭炮要挂在长长的杆子上，点燃后要把杆子举得高高的，让鞭炮在空中炸响。男孩子们围在炸响的鞭炮周围，一旦看到没有炸响的鞭炮，就冲进去抢。鞭炮像机关枪一样在头顶爆响，炸碎的爆竹闪着火花，十分吓人。对男孩子来说，这才够刺激。这个时候要看谁的眼睛尖，谁启动速度快，谁不怕炸，谁就得了先机，谁就能收获薰得发黑的、未能炸响的、非同寻常的、可以在小伙伴中炫耀的爆竹，谁就拥有更多的快乐和敬佩的眼神。我是这个队伍中的一分子。一次，当我顶着炸响的爆竹，冲进燃放区捡拾爆竹时，忽然感觉后背出奇地热，伸手一摸，棉袄被鞭炮烧着了。我赶紧脱下棉袄灭了火。回到家，偷偷地小声对母亲说，新棉袄被烧了个洞。母亲拿出一床被子铺在炕上，让我脱下棉袄，钻到被窝里暖着。她一边一针一线地缝补写着“英雄”壮举的有着火药糊味的洞，一边对我说，以后不要去抢炮仗了，太危险了。如果炸伤了脸，就破相了；如果炸伤了眼睛，就成了瞎子了。男人今后要做很多很多的事情，要懂得爱惜自己的身体。我知错了。从那以后，冲锋陷阵抢捡鞭炮只能在回忆中出现了。

每次秧歌收队，我们仍不闲下来，跑到大礼堂，鱼一样找个空就钻进去，和大人一样兴高采烈又喊又笑地观看如今已经誉满全国的东北“二人转”。“二人转”幽默、诙谐、夸张，当然还带有逗哏的笑话的表演，让笑声始终在礼堂里回旋往复。那是能够引起众人在年里头爆笑的最大乐事了。那个时候没有电视机，如果有一场电影在电影院里放映，一定人满为患，不会出现为上座率低而犯愁的问题。

人们尽着法子快乐，尽着性子闹年。欢乐一直延续到张灯结彩的十五。十五一过，年气泄了很多。大人们开始准备来年的劳碌，我们小孩子凑到一起，抓紧突击老师布置的寒假作业。

当兵离开家乡，因世事的繁扰，时光的倏急，没有再回老家过年了。年岁虽然增加，年越过越多，却无法咀嚼出昔日的年味。记忆中的年味与我渐行渐远。现在，过年成了睡觉的代词，成了“读书郎”，成了游客，成了网上冲浪的“企鹅”。亲戚朋友走动相互减免了，电话、邮件、信息、视频代替了问候和祝福。乐趣被网络缠绕上了，严不透风，密不示人。更多的是向陌生人问好，向不可知的以及遥不可及的世界拜年。

陶红那首《常回家看看》，每次听来都会勾起无尽的思乡情绪。

随着时代的进步，年，不用像过去那么忙碌了，变得简单而日常。人们的追求多元了，年味也不断变换各种形态，不再那么集万千宠爱于一身了。

年味仍在的，是在心的里面。

我的杏树

天热了，又到杏子熟了的时候。

橙黄的颜色，心形的模样，酸甜的味道……当我写下杏子两个字的时候，嘴里已经泛起了口水。

剥一枚杏子，放入口中，口腔里会有入口的微酸，然后便是逶迤而至的淡甜。杏子与其他水果不同，味道淡淡的，不多水，不多甜，有点点涩，有点点酸，吃杏子的人常常会在吃的过程中寻找到一丝丝沁人心脾的感觉。

我从小就喜欢吃杏子。

在我们那块大平原上，没有山，缺少水，加之天气寒冷，因此不产苹果，不出香梨，果树奇缺，只有种在农家院子的杏树，每到夏天的时候，便以黄澄澄的果实贡献给劳苦的人们。每到杏子熟了的时候，农民挑着或是挎着装满橙黄的杏子的篮子走街串巷叫卖着。杏子保鲜期短，吃不上几回，馋虫才从肚子里勾上来，就落市了。所以每年杏子熟了的时候，既是消解馋虫的时候，也是勾引馋虫的时候。套用那句名言吧：

消解是杏子，勾引也是杏子。吃过杏子，只会更加盼望来年的夏天早早到来。

我家七口人，父亲每每买来了杏子，吃到每个人口中的数量有限，只能算是达到了品尝的程度。在小时候的记忆中，始终没有吃饱、吃够过。记得有一次，对杏子的渴望驱使我步行五公里，到一个远房亲戚家，打算享受他家杏子熟了的快乐，可是因为信息把握得不准，杏子还挂在树上青着呢，我只能望着满树的青杏兴叹。

对杏子的向往，对杏子的渴望，对杏子的拥有，成为我少年时的一个情结，我总是试图解开它。

盛夏，在田边地头、沟畔路边、草丛树下偶尔会有小小的杏苗破土而出，随风长大。那是人们吃完了杏子随手扔下的杏核生长出来的杏苗。坚挺的茎，浅黄的叶，让人远远地就看得见它与周围植物的不同。每每发现它，我都会欣喜若狂，有工具就用工具，没有工具就用手，把杏苗连根带土一块挖出来，小心翼翼包裹好，一路直奔回家。在院子里挖坑浇水，把杏苗种下。

种下了杏苗，就种下了希望。

有了希望就有了勤奋。

给杏苗浇水，一遍觉得不够就浇两遍三遍，上一次肥料觉得不够就再上二遍三遍。傍晚的时候，守在杏苗旁，祈祷杏苗快快长大，幻想着杏树结满了黄澄澄的诱人的杏子。可是，杏苗却不如我意，头几天看上去还长得精精神神，有模有样的，突然间就萎了蔫了，用手一碰，叶子落了，已经死了。伤心是没有用的，哭也哭不活它，延续希望的最好方式是重新进入寻找和植种杏苗的循环。

栽种的经验是在失败中获得的。失败乃成功之母，这话只有在实践中才体味得真切。当第二次、第三次以至记不清的第四次、第五次寻找和植种杏苗之后，我有了心得，不再拔苗助长式地过度伺弄它，而是顺其自然，让杏苗自我成长。杏苗终于成活了，树干有了硬度，枝叶变得招摇。秋天的时候，杏苗过膝高了，成了小小的杏树。

我家的院子是用高粱和玉米秸秆临时编围的障子，是季节性的，有点像电影里看到的篱笆墙，但是不如木头编围的篱笆墙结实耐用。障子的作用就是在春夏两季阻隔家畜、家禽糟蹋院子里的蔬菜和庄稼。上秋了，蔬菜和庄稼收割完了，障子的使命也就结束了。拆除了障子，小杏树就暴露在光溜溜的地里，失去保障了。

北方农家都饲养家禽家畜，一到秋天就野生放养了，俗称抓秋膘。这些家伙，许是关了一个夏天憋得慌，一放出来，撒欢似的东奔西跑，食欲出奇得好，见到东西不管能不能吃都咬上几口。小杏树虽然让我用玉米秸秆包裹得结结实实，但是还是禁不住它们三番五次的光顾。终于有一天，当我放学回来，看到小杏树已经被一头长嘴黑猪修理成了一支直挺挺的树棍了。当我愤怒地冲向猪的时候，它跑得远远的了。

父亲对我说，我们的家居环境不利于果树的植种和培植，因为没有大大的结实的院子，临时扎的秸秆障子只能保护杏苗一时，不能保护它一世，劝我放弃植种杏树的念头。

是的，希望是美好的，现实总是困难重重的，但是只要不言放弃，困难在美好面前永远是一个个垫脚石。

来年的夏天，我依然故我，投入寻找和植种杏苗中。秋天了，父亲对我说，把我们家的庄稼秸秆垛就垛在你的杏树旁吧。大大的高高的庄稼秸秆垛把杏树紧紧包在中心，任凭猪呀、狗呀、鸡呀、鸭呀、鹅呀等家畜、家禽，甚至牛呀、马呀等大个头牲口，来到秸秆垛前只能是刨刨食，拱拱堆，衔衔痒而已。

北方的冬天是寒冷的，零下二三十摄氏度的气温，取暖是生存的必须。秸秆垛是冬天的温暖之源。冬天一天天地增加，秸秆垛一天天减肥，当冬天疲惫地跟我们要说再见的时候，秸秆垛已经变成了秸秆堆了。北方春天的到来永远都是战争式的开局，风怒吼着，刮得电线整天呜呜响，有时还会扬起满天嚣尘，学生放学常常找不到回家的路。秸秆垛经历春风几度后就找不到踪影了。一天，当早上阳光照到温暖的炕上时，我睁开睡眼，看到窗外的杏树已经被一夜春风给吹折了。多灾多难的杏树躲过了秋天，挺过了冬天，却倒在了生机无限的春天里。

又是一个夏天来临，又是一个植种杏树的开始，又是一个秋冬之后，又是一个秸秆垛由大变小的日子，终于，这一个轮回，我的杏树经受住了春风的考验，迎来了春雨温馨的滋润，享受了春日温暖的体贴。它挺直了身子，活泛了精神，在有了年轮的深深的印痕之后，激情地进入了夏天，在火热中舒展枝叶，在雨水中强劲根须，像开足马力的汽车，尽情释放着生命力。

有了一年的生长基础，就有了第二年第三年生命力的顽强的延续。我的杏树，经过春春夏夏秋秋冬冬，长得壮了、高了、繁茂了，不再怕鸡啄、怕狗咬、怕猪拱，不再怕寒冷、怕风吹、怕雨淋，成为名符其实的大杏树。

随着杏树年轮的增加，我的盼望也在增加，我的渴望也在增大，可是它却春天不开花，夏天自然也不结果，一副无动于衷的样子，而且还占了好大的一块地，不能生长蔬菜和庄稼了。邻居们时常开玩笑地说，把杏树锯了吧，这是棵石树，不会结果的，腾出地还可以多收获几筐蔬菜和庄稼呢！俗话说，桃三杏四！我的杏树四年都过了，却连一点开花的讯息都没有传递过，是不是真像乡亲们说的那样，仅仅是一棵凹凸树呢？

那年的冬天，我当兵走了。这一走就是离家乡越来越远，离开家乡的时间越来越长。我已经没有机会再伺弄、再亲近我的杏树了。

第二年的春天，大妹来信告诉我一个特大的好消息：杏树开花了。等到夏天的时候，大妹又来信说，杏子熟了，出奇地好吃。前来我家品尝杏子的邻居们都说，真不容易呀，让人苦守了那么多年的杏树，一旦结果，就结出了好吃的果子。

我始终没有吃到过我的杏树结的杏子。在遥远的他乡，在倏急的时空，我只有想象我的杏树开花的模样，想象入口四溢的甘甜，想象家人和乡亲们品尝它的果实的快乐。虽然我没有亲口品尝我的劳动果实，但是却甜在我的心里。因为，家乡的土地养育我二十个春秋，我毕竟用自己经过无数次努力和不言放弃的劳动种植了一株属于家乡的杏树。它正像大妹来信说的那样，杏树年年结杏，年年有快乐。

又到吃杏的时候了，我从水果店买来黄澄澄的杏子，仔细端详它的模样：心形，与心相通的吧。

杏子是要用心去感觉的果品，是缘于杏子的心形吧？！

我的《三侠五义》

我有一本《三侠五义》。

封面是暗绿色的，上面布满了龟裂的纹路，页角残缺，像一张不规则的羊皮，“三侠五义”的“三”字没有了，“侠”字少了大半个。书的前言剩下半页，能够读到“一九五八年一月”“赵景深”的字样。书角磨成了弧形。封底少了一角，相比封面要完整许多。繁体字竖排版，读起来比较吃力。看相差，与那些装祯华丽的图书一起摆放在书柜里，显得不那么协调。但是我一直没有扔掉它，也没有把它放在不起眼的地方。它始终在书柜里占据醒目的位置，让我抬抬眼就能够看到，让我时不时回想起过去的读书岁月。

这本书是 1981 年我从部队回家探亲，在家里发现的。我问，这书怎么回来了？已经做了教师的大妹对我说，这是马老师让我交还你的，他说这本书到归还你的时候了。我捧起这本纸张发黄、残破不整的《三侠五义》，心里有股说不出的苦涩滋味。

打小认识字起，对书就有了特别的兴趣。字识得越多，读书的兴趣越高，渐渐不满足于读高年级的课本，读小说成为了课堂外火热的追求。可是时候不久，书成了“毒草”，被烧了，被封了，被毁了……在市面上除了红宝书，找不到其他的书了。正是读书的年龄，正是对世界充满了好奇心的时候，正是对知识十分渴望的时候，没有书读是相当折磨人的。

人的欲望就像压在石块底下的小草，即使压力无限大，都会变着法生长出来。在同学中传看书籍就成为了我们既刺激又有滋味的地下活动。

我祖上是闯关东的，家里穷得只是糊饱肚子，身无长物。当然了，家里也不可能有藏书，因此，我也没有可供在同学中交换的砝码——书。手上空空，大脑不能空空。我到姨家向表哥借了一本《三侠五义》，然后与同学交换，用比别人快上一倍甚至两倍的速度读完，然后拿这本书与另外的同学交换，再以最快的速度读完，去与其他同学交换。就这样，交交换换，往往来来，一本《三侠五义》像梭子一样织就了我的读书网。

那个年代，除了课本和红宝书，读任何课外书在学校都是被禁止的。有一次，一位同学在课堂读我借给他的《三侠五义》，被政治课马老师发现了。下课后，马老师把那个同学喊去，没一会儿也把我叫去，批评了一通，书被收缴了。

书被收缴了，让我心痛得不得了。但是，这并没有影响我读书的热情，我依然我行我素地继续着我和同学们的地下读书活动。同班同学的书都交换过了，就与外班同学交换；同校同学的书交换告罄，就与左邻右舍交换。那个时候，只要发现谁在看书，就要盯上几眼，如果是自己没有读过的书，软缠硬磨，直到把书借到手为止。有时为了借书，讨好人家，帮工干活在所不惜；跑个十里八村借书是常有的事。一次，为了去借《奇门遁甲》，我独自一人走了十几里路，进行了一次最远距离的书书交换。可惜的是，拿书在手，我知道这辈子也无法读懂这本书了。

高中毕业我入伍参军，交换图书的活动才告一段落。

读书使我对事物有了清晰的认知能力，对文字有了良好的把握能力。

在部队，起早贪黑，甚至连轴转地撰写各类材料是家常便饭。虽然苦累，但是却在苦累中不断提高了写作能力，为成长奠定了坚实的基础。很快，我入了党，提了干……

随着时间的推移，不知不觉中，图书出版开始复苏了，新书如雨后春笋般上市。新版《三侠五义》也已经能够买到了，我却没有图新再买，情有独钟这原本属于表哥的、经历过寒风苦雨吹打的、已经破旧的《三侠五义》。无论是在部队，还是转业地方；无论是搬家，还是清理书籍，我都把它带在身边。失而复得从来都是带给人以喜悦的，也是值得珍重的。这本《三侠五义》与我结了缘，对我有不同寻常的意义，它饱含的难忘往事和人生教益，使我受用无穷。

我曾经懊恼，在读书的年龄，没有书读；但是又庆幸，我曾经拥有了比现在的学生多得多的读书自由和读书时间，可以把能够找到手的民间藏书读个够；我可以将自己的兴趣变成爱好，把爱好发展成永恒的追求。

当然，更为庆幸的是，国家生活走上正轨，改革开放带来了图书出版的日益繁荣。书的品种越来越多，设计和装帧越来越夺人眼球，纸质日益优良，出书速度越发快捷。现在，如果有空到大型书市走一趟，就是走入了书的海洋，琳琅满目，美不胜收。如果到书店逛一遭，书多得令你眼花缭乱，不知选哪本书为好。如果到古旧书店去一下，保不准有意外收获。如果路过旧书地摊逗留一会儿，说不定有飞来之喜。当然，偶尔去废品收购站，或许淘到的正是你需要的图书。书的世界日益繁荣、日益博大，让读书人的选择更加多样，更加容易。书的影响也越来越大。

我的一个朋友知道我是书迷，让他在图书馆工作的哥哥给我办了一张当时十分紧俏的市图书馆借书证。我去过一次，就没有再去了。一是图书馆离家远，来回一趟要花去不少时间。二是想借的书被别人捷足先登了。三是我喜欢在书上写写画画，图书馆的书是不允许的。因此，我把读书的首选方式放在自购上。拥有属于自己的书，让它成山——天天登山，天天饱览山的极致、山的壮美。

太太拉我逛街，每到一个地方，我们总会兵分两路。她逛商场，我去书店。那个时候虽然没有手机，但是不用联系，她买好东西到书店准能找到我。前些年，新华书店时常搞图书促销活动，是相当火爆的。你拥我挤，人头攒动，去一趟书市，不亚于跑了一个“半马”。去书市我都动员全家上阵，分工明确，奋勇向前。有选书的，有抱书的，有不管三七二十一只要是打对折以下的书就疯抢在手的。当披着夕阳满载而归的时候，回头看看捆在自行车后座上的书，像打了胜仗似的，心里美滋滋的，完全忘记了劳累。

书越买越多，存放是个大问题。刚开始是用纸箱子装书，后来换成木箱子，再后来换成书柜，书柜由一个增加到二，由二增加到三，由三增加到四、五、六、七、八，居室的实用面积被书占去了大半。坐拥书城的感觉对于读书人总是惬意和富足的。

儿子一直是我买书的好帮手。可是近年来，他干涉我的购书活动了。他说现在已经是网络时代了，图书存在的方式已经从纸质发展到电子了。一张光盘，可以存贮一个书柜的书，看电子图书，既省时省力，还省钱。另外，网络给读书人提供了更为广阔的空间，想看什么书，上网搜索就能够得到，方便又快捷。是的，年轻人的话很有道理。随着科技进步，掌上图书、手机图书、电视图书应运而生，阅读方式也可以省去用眼的疲劳，改成听“读”。当然，随着科技的发展，说不定哪一天，可以给大脑植入一个装了图书的芯片。你想读书，只要点击阅读键，图书就声情并茂地呈现在大脑的皮层上。

书，发生着变化，是革命性的变化。我们的老祖宗，最早发明了竹简书籍，当四大发明之一——纸出现后，纸质书代替了竹简书。现在，纸质书出版仍然如火如荼，但是还能够存在多久呢？会被电子图书所取代吗？

书，是人类的伙伴，是人类创造出来的精神食粮。随着人类社会的进步，书会更加蓬勃地存在下去，存在的方式也必将发生变化。那就是快捷、方便，越来越适于人们的生活需要。

书，给人类带来知识，带来思想，带来信仰，带来……永远的快乐。

有书的世界是个快乐的世界。无论图书业怎么发展，我仍然喜欢把纸质书捧在手上的感觉。

永远唱在心中的歌

25年过去了，我依然忘不了音乐老师孙凤臣。他的身影已渐模糊，我已经回忆不起他的模样，但是他常常走进我的思潮念海，常常像浮雕一样定格在我的脑海中，让我想起了很多，回味了很多。

那是我上小学三年级那年，孙老师负责我们的音乐课。大概在这之前听惯了女老师的柔和语调的缘故吧，第一眼看见孙老师那宽肩阔背、粗犷浑黑的气度，第一次听到那略带沙哑的嗓音，我心里就犯嘀咕，咋看他都不像个搞音乐的。几堂课之后，孙老师用浑厚的嗓音、和善的态度、良好的教学完全征服了我和同学们，使我们喜欢上了他。

在加入校文娱队之前，我并不知道自己有一副好嗓子。当他从众多学生中发现了我，我非常欢喜。那是我第一次在同学们的注视下唱歌，心情激动，并有些怯意。是孙老师给我送来鼓励和殷切的目光，当孙老师拉起手风琴，轻快的歌曲伴奏在教室里回荡的时候，我很自然地走进了迷人的音乐乐园，浑身的细胞活跃起来。我放开喉咙，放声高唱，歌声引来很多其他班的同学观看。那时十岁的我，尚不知一首歌意味着什么，只是开心地唱、高声地歌。从那以后，我与音乐结下了缘，并且喜爱上了音乐。

校文娱队是孙老师一手培养起来的，经常代表学校参加镇上的大型庆祝和演出活动，深受人们的欢迎，名气很响。记得我入队那阵子，正赶上学校准备国庆演出。每天放学后，孙老师带领同学们排练节目，常常很晚才回家。现在我做干部工作，经常给一些被考核的同志做出“有事业心、责任感强、一心扑在工作上”等评价，如果把这类优秀的评语送给我的老师，是再恰当不过了。孙老师把全部精力和心血都花在了学生身上。

我有幸在孙老师的培养下学习唱歌，并有幸参加了在我记忆中最为隆重和壮观的“国庆”演出。那次“国庆”演出，我们最后一个节目是演唱《十送红军》，我担任领唱。在孙老师的指挥下，上百人的礼堂里，只有我们的歌声在回荡。那阵势，那场面，那掌声，那心情，那效果，真是令人难以忘怀……《十送红军》的歌词我记不全了，但是歌曲的旋律始终在我心底珍藏，什么时候都能哼唱出来。就在那一次，我的嗓子唱哑了。我记得那是有生以来喝胖大海水最多的一次。当我哑着嗓子上学，孙老师见了我，摸了摸我的头说：“以后要注意保护嗓子，明年要送你去考艺校。”我哑了的嗓子讲不出话来，心里却是感激孙老师。因为在我上一年级时，已经有一名男同学在孙老师的培育下考取了长春艺校。对于一所村镇小学的学生，能考上艺术学校，等于跳了龙门。当时我的心里甜滋滋的，盼着明年早点到。

好景不长，转年一过，文娱队被迫解散了，孙老师也不能再上音乐课，整天抱着扫帚低头扫地。有一次，他在扫院子，我见他身边没人，便跑到他跟前，低声叫了一声“孙老师”。他抬起头，满目凄楚地说：“孩子，到什么时候都要努力学习，以后的路还长着呢，要靠你自己闯了！”说完，挥起扫帚又扫了起来。我望着他佝偻的身子，心里别提多难过了。

我知道，考艺校已经不可能了，但是我却深深地爱着孙老师。在那一刻，我似乎懂得了很多，长大了很多。

升入中学，虽然我仍被校文娱宣传队吸收为队员，也学演过轰动一时的革命样板戏《红灯记》，但是我对新的音乐老师感情一般。我想念孙老师，常常惦记他。可是以后发生的一件事，让我一直追悔未及。

高一那年，我们班分到郭家店十队“夏锄”劳动。“夏锄”乃当时中学生“接受贫下中农再教育”的必修课。我们五十几名男女同学，扛着锄头，背着简单的行李，有说有笑地步行到生产队。一到生产队，先是由生产队长把学生三一帮五一伙地分到住房宽敞的人家住下。我有几个文友，事先约好要住在一块，传看几本“禁书”。

当我们几个抢着拥进一户人家时，一位中年妇女热情地把我们让进屋。一进屋，我马上感到屋内的摆设与一般农家不同。只见山墙上一溜挂着七八个夹满相片的玻璃相框，一张农家所没有的写字台上叠放着几本书，大躺柜上叠放着整整齐齐的被褥，在墙角架子上放着一架手风琴和一把二胡。屋子里清洁干净，东西摆放得井井有条，给人的感觉主人是个有学问的人。

几个同学扔下行李跑了出去。我被相片吸引住了——孙老师的相片赫然摆在正中。“这是谁的家？”我问。

女主人走到我身旁说：“你认不出来我啦？”

我仔细打量她。她长得白白净净，大而美丽的眼睛看上去十分慈柔，虽然人到中年，但是仍显得年轻，有教养。

她说：“你那时还在幼儿园，当然记不得张老师啦。”

噢，她原来是我的幼儿老师！我一下子想起来啦。我一阵子高兴，想不到能在这个地方这个时候巧遇我的幼儿老师。

“这就是你。”她指着相框里一幅合影照中的一个小毛头说。

我好是好奇。家里只有我的周岁照，幼年时的照片却没有。我仔细看了又看那个毛头小子，很是喜欢。那就是我呀，幼儿时的傻样子。

她说："我一看就知道是你，你的眉里有颗小痣，我记得很清楚。再说，这些年，孙老师常常念叨你，说你上了哪一年级，谁是你的班主任，你在校学习怎么样，以及这次'夏锄'，你们班要到我们生产队的情况，他都了解。"

"那你们是……"我说了半截话，马上明白了，可敬的孙老师和张老师是一家人。

我高兴地连忙问："孙老师干什么去啦？"

"在草甸子上放牛呢。"

"呀！"我惊叫了一声。！我一阵心痛。一位在音乐上有造诣的音乐老师，被弄成这个样子，真是不公平呀！

正当我和张老师相对无言的时候，几个同学呼啦啦跑了进来，抓起行李，对我说："队长又给我们找了一家，让我们住过去。"

当我被同学拉着要走的时候，只见张老师身子一趔趄，眼角一片湿润。她拉着我的手说："让他们去吧，你别走啦。"

几个同学连声说："不行不行，我们事先约好的，要走一块儿走，谁也不能单独行动。"

我不知所措地被同学携拥到门外。

张老师跟了出来，泪珠溢出眼窝。她向我无力地挥挥手，作为告别。

我走了，被同学携拥着走了。

这一走，铸成了我的遗憾。

我感到对不起老师，老师从内心里喜爱学生，而我和我的同学竟粗心地不去体味老师的苦心，辜负了老师的心意。多年来，孙老师被困境压得抬不起头来，在这个时候多么希望得到精神上的安慰啊！而我是孙老师特别喜爱的学生，如果他知道我入家门而又离去，他多伤心呀！我真害怕他知道我去过他家，怕他联想到划清界限一类的事上。其实我根本没这个意思，我是个中学生，不懂人情事故，禁不住同学相约一乐的诱惑，却给自己内心留下了深深的歉疚。我曾祈祷：张老师可别向孙老师说起这件事，这样我的心里会好过些。

参军后，离别家乡和亲人，我才对离情依依有了感受，逐渐懂得什么叫情，什么叫爱。因此，我每次回家探亲，总要打听孙老师一家的情况。值得我高兴和欣慰的是，粉碎“四人帮”后，他和受他牵连的张老师回到了教师队伍。

孙老师是一个平凡普通的音乐教师，他没有什么惊天动地的事迹，可是对于我却是重要的。虽然我失去了进入艺术殿堂的机会，但是我不遗憾。因为我从孙老师身上学到了做人的道理：为他人造福，是最为珍贵的。

杜鹃

她叫杜鹃，是我战友杜申的妹妹，也是我二妹小学同学。她离开人世有十多年了。对她的死，我一想起来，总有一股莫名的惆怅。

我在部队提干那年的初秋回家探亲，按惯例，回到家要去附近的战友家串串门，见见老人，谈谈战友在部队的情况。去杜申家之前，大妹对我说，杜鹃跟史家儿子出走后，怀孕回了家，生了个男婴被父母送了人。现在她在家被父母管得紧，整天不让出门。杜鹃回来本来算是件好事，可是镇上的人笑话杜鹃是被甩了。听了这件事，我为杜鹃感到高兴，不管谁甩谁，重要的是一切可以从头开始。

那天下午，我来到杜家，杜申父母显得格外高兴。我懂得他们的心情，因为杜鹃的出走并不是为了争取婚姻上的自由，而是被人骗走的。那人是城里一个流氓团伙的成员（后来因为作恶多端被枪毙了），杜鹃跟着他一走就是一年多。家人总觉得杜鹃丢尽了脸，抬不起头来做人。在这个时候有人来家串门十分高兴，何况是家人引以自豪的当兵的儿子的战友的到来呢！我尽量满足老人的提问，把部队以及杜申的情况一一细说给他们。

杜鹃从里屋走出来。她没有丝毫的羞愧，而是以北方女子独有的坦率和爽气冲我笑了一下，算是打了招呼，并端来一杯水摆在我的面前。她憔悴多了，大大的眼睛里不再有少女般的纯真，而是蒙上一层忧郁的底色；原先丰满窈窕的身材已失去了青春的活力，显得单薄。她的变化之大令我吃惊。在我的印象中，杜鹃还在上小学时，就长得亭亭玉立，像个大姑娘。她常来我家找二妹玩，干瘦的二妹和她站在一起，真是一个天一个地。记得参军的第一年，杜申父母带着杜鹃来部队看杜申，好多战友去看望老人，回来后，一致评价：看不出胖墩墩的杜申，竟有这么漂亮的妹妹。在那以后的一段时间里，有几个战友与杜申玩得特好。再后来，杜鹃“出走”的事传到部队，知道的人都为她惋惜。

在杜家坐了一个多小时，我告辞出来，杜家二老送我到院门口。我独自往回走，心里有一种言犹未尽的感觉，仿佛有什么东西拽着我的脚，步子异常沉重。我回过头，看见杜鹃站在院门口，眼睛里含着殷殷的神情，看见我回头，冲我笑了笑，挥挥手，什么也没有说。我记得我对她说，我要外出几天，回来后再来看你。她点点头。我向前走，回过头，就能看见她站在那里；再回头，她仍是一动不动地站在那里。那一幕，不知怎的，我一直难以忘怀。

当我去莲花山母亲的墓地扫墓回来，杜鹃服农药自杀的事在镇上传得沸沸扬扬。死因是：林东有一位农民看上了杜鹃，提出娶她，她父母听说那人游手好闲，不务正业，便极力反对。可杜鹃非嫁不可。在僵持中，杜鹃一气之下喝了农药。听到这个不幸的消息，我实在为杜鹃惋惜。她千不该万不该，最大的不该是自寻短见。失过足算什么，只要重新做人，仍有美好的未来。活着比什么都重要，都还有机会，死了就画了句号了，再也无法续写人生的新篇了。

我没有履行诺言再去杜家。我觉得回来晚了一步，实在对不起杜家。

按时间推算，在我去杜家的时候，事情有了先兆。如果那天我能够与杜家二老敞开地谈谈杜鹃，也许就把事情挑开了。那样的话，我定会说服她父母，尊重女儿这次伤痛后的自主选择。因为一颗受伤的心再也经受不起沉重的压力，压力过大，会碎的。如果那天，我从杜家告别出来，杜鹃一个人站在门口时，我勇敢地走过去与她深谈，她肯定会向我和盘托出她的想法和苦恼。那样的话，我可以劝慰她，解开她心头的疙瘩，会许能避免悲剧的发生。

每当我想起这段往事，常常扪心自问，为什么在有诸多如果的情况下，没有变如果为于是？是什么东西阻碍了转化假设条件的通道？是什么？

那时我二十岁出头，刚提干，正是春风得意之际。在我们镇上，参军提干意味着跳“龙门”，是件光荣而了不起的事。所以，在同杜家二老交谈时，我考虑的是谈吐是否得体，举止是否文雅。头脑中也冒出想问问杜鹃情况的念头，但是，大脑深层次里浮起世俗的观念：一个未婚男子，问一个姑娘的情况是存何意？她父母会怎么看你？我一阵怯意，便打消了念头。在院门口，杜鹃欲言又止，流露出想与我交谈的意思，可我生怕孤男寡女站在大门口说话引起非议，生怕名声受损的杜鹃影响了我，生怕惹出风言风语。总之，“怕”字当头。现在回想起来是多么的可笑和幼稚。如果当初我有所作为，冲破思想上的束缚，现在就不会一想起这件事就内疚了。

杜鹃既不是我的家人，也不是我的爱人，我和她没有感情的联系。我常常问自己，为什么这些年忘不了她？为什么？

杜鹃年轻，美貌，她应该得到美满的幸福和爱情。可是她一样也没有得到，恐怕什么叫爱情和幸福都弄不懂。她只念完小学。她实在是吃天赐的五谷杂粮长大的农家女儿，老天给了她好面相和好身段，却没有给她更多的知识和文化。她走向了毁灭，究其原因，主要在于她自己。正是她的无知，使她在听了史家儿子神吹了花花世界之后，不加考虑地跟着走了；正是她的无知，使她不懂得自尊自爱，毁灭了自己。外在的力量是暂时的，内在才是根本，一切都取决于自己。现在我动笔写到这，细细想来，即使我当时主观努力避免了悲剧，但是难保以后不会再发生。

为她惋惜。

在这个世界上，人，生之不易，长之不易，当然有责任在生之可贵之年，自尊，自爱，自强，自立，创造美好的生活。

丑丫

一

丑丫，我的小学同学。我升至三年级那年，因为顽皮被学校教务处从二班调整到一班。班主任安排我与丑丫同桌。

丑丫，真丑。咪咪眼，突颧骨，高鼻子，大嘴，大手，大脚。衣着土里土气，说话哑里哑声。

跟丑丫坐一条窄窄的长凳，同用一张小小的课桌，一转身一侧目不可避免地看到一张丑脸，而且两人的呼吸交融在小小的一米之域，彼此说话的声音交织在一起，肢体动作偶尔有摩擦和碰撞，常常引来同学异样的眼光和窃笑，心里别提有多难过！

与丑丫近距离相处是一种惩罚呀！这不是简单的一次性的体罚，而是惩罚中的高级别——精神惩罚，并且是日复一日的。

在小小的年纪里，我第一次真真切切地尝到了顽皮受到惩罚的痛苦滋味。

丑丫的丑是同学们公认的，并把她看成另类。女同学不喜欢她，嫌她丑，不跟她一块学习，更不喜欢与她做游戏。男同学的表现激烈得多，欺负她，骂她丑，抽冷子[①]会扭一把掐一把的。

本来，转到新班，失去了原来好玩的同学，心里就有气，再加上与丑丫头同桌，心里的气化成了火气。自然而然，丑丫成了出气筒。

我在书桌中间画一道线，警告丑丫写字的时候不能越过界线。如果过线了，我就会用胳膊肘把她的胳膊肘顶回去。她写字总是小心翼翼的，一心必须二用，要不就会收到硬胳膊肘的治理。而我在写字的时候可以拉开大大的架子肆无忌惮地越线，她明明知道，却从不吱声，团着身子，尽力缩小自己的空间。

当座位轮换到靠墙一侧时，靠墙坐着的肯定是丑丫了。早上到校，如果我到得早，就坐在座位上纹丝不动。丑丫来了，我装作赶写作业的样子低头写个不停，等到她站了好半天，上课铃响了，我才欠起身，让她从我身后挤过去。在她通过的过程中，常常被我用后背夹滞几秒钟，后座的男同学趁机袭击她。

几次之后，她上学在班上总是第一个。

利用早上上课的时候欺负丑丫的机会没有了，我就利用下课。下课铃响了，同学们轰地跑了出去，而我却坐在座位上不动。丑丫无法出去，小声恳求我。我总是慢慢腾腾地表现出一万个不乐意地站起身。她必须百米冲刺般地跑出教室，向厕所奔去……

二

丑不是丑丫的错，可是她却要为丑买单。每每受到无端的欺负和无

---

① 方言，指突然、乘人不注意。

理的惩罚都会默默承受，不暴发，不抗拒，更不会向老师告状。

说实话，小小的丑丫表现出的宽容和善良品性，令我和一些男同学不知所措。而在随后的日子里发生的事情，改变了我对她的态度。

一个深秋的下午，我在跨一个小水沟时，不小心跨到了水里，鞋子湿透了。回到教室，感觉脚底冰凉，身上冷得直打颤。丑丫关切地问我怎么回事，我说把鞋子搞湿了。她马上把自己鞋子脱下来，让我穿上。我偷偷看了她一眼，硬挺着说，没事的。她说，大人说，脚底受凉会生病的。我冷得实在受不了，脱了水淋淋的鞋子，把两只冰凉的脚丫伸进丑丫的一只鞋子里，把另一只鞋子推给她。我俩双脚各套一只鞋子，上了难忘的一堂课。

还有一次，我生病两天没去上学。晚上的时候，丑丫找到我家，给我补课。她走后，妈妈问我，这丫头是谁呀。我怪不好意思地说是我的同桌。妈妈说，这丫头长得特别，身架好，现在看着难看，长大会漂亮的。事后我把妈妈对她的评价说给她，她害羞好半天，连连说，怎么可能呢！

善良和宽容是化解敌对的有力武器。

有一句歌词说得好：我很丑，但是我很温柔。这意思是说温柔可以与美丽相媲美，可以弥补丑貌带来的缺憾。

丑丫的善良融化了我心上的坚冰，消除了我的戾气。我知道了，人的内心与外表是不能画等号的，以貌取人是错误的。我用橡皮擦掉了书桌上的中线，轮到座位换到靠墙时，我把外面的座位让给她，在学习上遇上难题我们能够彼此帮助，如果有哪位男同学还像过去那样欺负她，我会为她挺身而出，搞得班上的同学莫名其妙。一次，几个男同学私下里把我约到操场，质问我为什么不再惩罚丑丫了。我说丑丫虽丑，但是心好。他们又问，你不再欺负她了？我说肯定不会了。他们接着说，我们欺负她是为你出气，现在你退出了，我们还狗拿耗子多管闲事干吗呢？

因为我态度的转变，其他男同学也跟着转变了，丑丫受欺负的日子结束了。我不再因为身边有个丑丫头而滋生厌烦心理，把过去花在对付丑丫的脑细胞全用在学习上。那年的期末考试，我考了全班唯一的双百。老师在班上做总结表彰时，喊我上台领奖。我腼腆地走上讲台，被老师一把抱将起来，冲着同学们说：看看，这就是顽皮的转班生，顽皮已经不在了，并且考了全年级第一，你们要向他学习。我是第一次面对那么多双眼睛齐刷刷地盯着看，心里一阵子紧张呢！但是当我看到丑丫含着祝福、关切、鼓励的眼神时，心头涌出一股说不出的滋味。心里说：感谢丑丫，我的进步有你一份！

四年级下半学期，丑丫的父亲调到另外一个地方工作，丑丫转学走了。

临走的前一天，她来向我告别，把一个用纸包裹得严严实实的本子交给我说："这是我送你的礼物，回家才能打开。"女孩子总是神神秘秘的，老是给我们男孩子制造幻想和浪漫。丑丑的丑丫也有着女孩子的性情呢！我从铅笔盒里拿出一块橡皮，递给她说，我就是用这块橡皮擦去了桌子上的分界线，做个纪念吧。她笑着收下了。

回到家，我打开她送的礼物，是一本日记。上面是她记的一年来发生在她身边的故事，其中有相当多的内容提到了我。读着日记，回想着发生在丑丫身上的喜怒哀乐，我心里十分内疚和后悔。

丑丫走了，带着她的"丑"走了。

我身边的座位空了，呼吸中嗅不到丑丫的气息，耳边也听不到她哑哑的说话声，一转身一侧目再也看不到丑脸了。不再面对一张难看的脸我应该过得愉快，可是我一点儿也快乐不起来，相反心里却是空空荡荡的。记不得哪位作家说过这么一句话，当你拥有她的时候，并不觉得她的可贵；只有当你失去她的时候，你才觉得她是那样的可贵和值得珍惜。

三

那年夏天，我从部队回家探亲，在车站候车。忽然听到有人喊我的名字。我抬头看去，面前站着一位丰姿绰约的女子。她的脸庞线条分明，透着些许西方女子的风韵，因为颧骨高，深凹的眼睛显得深邃有神，挺拔的鼻子，性感的嘴唇，一头乌黑的长发瀑布一样滑过肩头。我认不出来她是谁，就问，你是谁？她说，你猜猜看。我上下打量，左右端详，摇摇头说，猜不出来。她哈哈大笑说，我是你的同桌，丑丫呀！

啊！丑丫。是丑丫，怎么可能？

眼前这位美妙女子与丑丫怎么也联系不起来！难道童话能变成现实，世上真有丑小鸭变成白天鹅的故事？

我问丑丫，你怎么能认出我来？她笑着说，当然有办法了。女人的办法永远比男人多。

她说她大学毕业后，在走南闯北做时装模特。

我说，造物主真的捉弄人，让你小时候受了那么多苦。但是好心终有好报，美丽终于属于你了。

她笑了，笑得开心，笑得灿烂，笑得摇曳。

她说："你送我的橡皮我一直保留着，现在已经无法再用它去擦掉什么了，硬得像一块石头。"

我说你还保留那遥远的记忆，真是难得。其实我一直后悔小时候做了很多对不起你的事。

她说没关系，苦难是一所学校，也是一笔财富，我还要感谢你呢！你给了我很多的帮助！

四

此时此刻，我坐在电脑前，沉浸在与丑丫邂逅的回忆中，忽然思绪被一阵鸟的鸣叫声打断。抬头向窗外看去，只见一只小鸟在阳台上吱叫着，跳跃着，时不时用爪子梳理一下羽毛。它蹦跳到玻璃窗前，对我张望，我也笑着跟它隔窗凝视。忽地，小鸟展翅飞走了……

不远处，一所小学放学了。同学们排着队，在老师引领下走出校门，立即被迎接的人流所淹没。

第三辑　心灵有寄

写在爱的季节

等

你兴冲冲赶到约会地点。

首先是瞪大眼睛紧盯过往的行人，用心感觉着，时间一长，你显得焦躁不安，不时地看手表。但是你仍不放松神经，目光像雷达似的捕捉每一个行人。

你的腿发麻发胀了，本可以坐下来，歇息一会儿，但是你不愿意，因为坐下来，视线会受到影响。再说，万一她来了，看见你萎靡不振地坐在那里，将会多么失望啊！你不能给她留下不良的印象。

时间一分一秒地过去了，仿佛等候了一个世纪。失约了。你的脚像踩了棉花一样，一步比一步慢地往回走，随时都有跌倒的可能。一进家门，浑身像散了架似的，你瘫倒在床上。

睡觉吗？不。

毫无困意，眼睛睁得大大地望着天花板。

窗外下起了蒙蒙细雨……

融

一轮圆月高挂在黛青色的天幕中，如水的月光泼洒下来。远处，微微起伏的山冈像是裹了层薄薄的绸纱，山形、树影重叠在一起，显得朦胧。近处，树枝把月光筛下来，斑斑点点，错落有致，从树梢的空隙望去，几颗小星星眨着亮眼，恰如结在树上的晶莹明亮的宝石，被风一吹，轻盈地舞着，闪着媚人的光彩。脚下，小草多情地依偎着，做着甜美的梦……

你握住我的手，头靠着我的肩，望着天空。我们久久地依偎在一起，一声不吭，生怕惊破夜的宁静。

多美的月夜啊！空气凝固了，时光凝固了，只有快意畅情的暖流在幽谷里溢荡……

醉

醉酒了。醉了的人心明如镜，却无力支配血肉之躯，脸涨得通红，心里像点燃一把火，身子却异常地怕冷……

暖茶端上来了，苹果削好了，温柔劝慰的话甘露般滋润心田，细软丰嫩的手像春风抚摸脸颊，深情的双眸对视着，分明写着关切、焦急、嗔怪……

饺子煮好了，碗筷摆上了。我起床了。

醒酒了？

不，我又醉了，醉在爱的暖流中。

醉得多么畅快、多么淋漓啊……

别

你在月台上来回踱步，始终避开她的目光，因为你一看见她的眼睛，就忍不住心酸。你怕哭出来，被月台上的人看见。火车进站了，你把她送上车。

她的脸紧贴在窗玻璃，眼流着泪，泪水把车窗玻璃染花了，嘴说着什么。你抿住嘴，直点头，不敢答话，因为你一开口，无法控制情感的潮涌，泪水也会跟着流下来。你强忍着，你是男子汉。

火车开走了，月台沉寂下来。

你休止符一样呆立月台上，两手捂住脸颊，泪水扑扑簌簌从手指缝间流下来。

她走远了，远了……

云

云彩像一群雪白的绵羊，被风爷爷挥舞着鞭子慢慢驱赶着。天空出奇地明净、瑰丽、奇异，是因为有了云彩的缘故吗？

云彩的造型不断变幻，一会儿是城堡，一会儿又是山峰，一会儿是草原，飘忽不定，没有固定的模式，让人充满无比的想象。

云彩有时候拉长，一条一条的，倏忽，又聚成一团一团的，然后又连成了一片，向着天际相接相去。

云彩有时候一动不动，像一座亘古未化的冰川，厚实，坚硬，似乎有着看不见的神力在主宰着。

我们十指相扣坐在小山坡上。你小声说，我们化作云彩多好啊！

金羽记趣

一

金羽，一天一个样。刚出生的时候，娇嫩得像一串葡萄，我不敢抱他，生怕手重把他掐成水。是负责接生的职工医院的徐医生抱着他进了我们的家。

金羽在娘肚子里的时候，每次孕检都是进城到部队的八一医院。我们住在城郊尧化门，离城里远，每进一次城，来来去去就是一天。孕检在哪儿一般出生就在哪儿。

那天午饭后，太太准备去上班，肚子突然疼得厉害。胎动开始了。赶紧到工厂职工医院检查，医生说，开了二指了，来不及送城里医院了。职工医院的医生真的负责，赶紧派人喊了正在家休息的懂得接生的徐医生。在平时给患者做检查的简易床上，太太经历了生产的万般疼痛，终于生下了金羽，称重八斤八两。因为是职工医院，不具备接生条件，所以金羽出生后没给洗澡。

十几天过后，他的脸上、身上还滞留着从娘胎里带来的胎脂，显得脏乎乎的。说实话，我们没有经验，加之是正月里，天十分冷，所以在家不敢给他洗澡，怕把他冻着了。

他的模样挺招人喜欢的：额头高，长眉，大眼，高鼻子，厚厚的弓形嘴，下巴阔圆。这就是人们常说的天庭饱满、地阁方圆、面如满月、两耳有轮吧。

他的声音很洪亮，特别是在哭的时候。

他喜欢睁眼看着周围，一声不吭。有时候皱着眉头，捏着小小的拳头，像是对什么不满意的样子。

金羽是个讨人喜欢的小家伙，能吃能睡，不磨人，睡眠与我们同步。看样子，以后是个让父母省心的好孩子。

二

金羽能够走路了。

他摇摇晃晃，步履趔趔趄趄。有时会摔倒，但是他显得十分兴奋，冲着我们笑，然后站起来继续趔趔趄趄走。

晚饭后，我和太太带着他到附近的篮球场。篮球场宽广平坦，把他放在地上，他咧开小嘴十分高兴，迈开步子，开始是小心翼翼，后来步子越来越稳，越来越快，他也越发自信，在离我几步距离的时候加速要跑起来，我赶紧上前把他扶住。

孩子小，依赖心强，把父母看作他的第一保护人。以后他长成大人了，会不会仍然需要父母的保护呢？还是父母需要他的保护呢？

三

三妹小红回老家了。太太哭了，小红也哭了。离别是痛苦的。

小红来南京整整十一个月，帮我们带小孩，帮助我们渡过了最为困难的时期。

送小红上火车回来，太太趴在床上又哭了。她舍不得小红走，小红是她的好帮手，把孩子带得很好。她一走，我们要受苦受累不说，关键是孩子能不能适应呢？家里来信来电报催小红回去，我真是为难，但是还是决定让她回去。

四

金羽抱着我的腿不放手，哭得相当厉害，不愿意去幼儿园。他从来没有这么号啕大哭过。

我抱着他，眼泪在眼圈里打转转，终于落了下来。

我舍不得把孩子这么小就送进幼儿园，才会走路没有多久，可是没有办法。三妹小红回老家了，我和太太是上班族，必须上班的。儿子只有一条路，进幼儿园。还好，单位的幼儿园有幼托班，愿意收这么小的孩子入托。

这个时候，我是多么想念三妹小红，要知道这般痛苦，说什么也不放她走。可是现在已经晚了。

我的心肠只有硬下去，才能撑得过去。

人性是天然而直通的，孩子这么小就知道谁是他的亲人，该依靠谁。他不愿意去一个陌生的环境，他需要安全感。

五

晚上，屋子里十分闷热，我和金羽从屋子里出来。当汗渍渍的身体沐浴在清凉的夜风中，那惬意、舒坦一齐在每个汗毛孔里弹奏出沁人心脾的乐章，一切烦躁、忧郁、劳累……统统被夜风带走了。

“爸爸，早知道外面这么凉快，应该早点出来。”

是啊，躲在风扇底下，让电视节目拴住身子，哪会想到外面的清凉世界？

正值农历六月十六，一轮圆圆的月亮，高悬在天空，明净、皎洁的月辉洒落下来。楼房、树木被月光勾勒得错落有致，朦朦胧胧。俱乐部广场上显得格外富有诗情画意。

金羽穿了一件长及臀部的背心，下身光溜溜的。我觉得在梦幻般的夏夜里，让他多穿一方遮羞布大可不必。再说，天黑着呢！

坐在平展的水磨石长凳上，吹着夜风，面对圆月，烦乱的思绪多么需要在此时此刻静静梳理一下呀！可是，我的雅兴还没有开始，便被身边的不安定分子——金羽打乱了。月亮为什么会圆？月亮上面真有个姐姐吗？宇宙飞船带小孩上过天吗？……一个接一个的为什么让我应接不暇，我一边回答，一边心里暗暗窃喜，好家伙，小脑袋里竟然装了这么多的为什么。

广场上，纳凉的人很少，远远看去，有的像影影绰绰浮动的游魂，有的像镶嵌在夜幕上灰色的雕塑，把个月夜点缀得更加幽静。

一对年轻的恋人挽着手款款走来，身边的淘气小子突然猫进我的背影后面，等那对恋人走过之后，他才从我的身后出来。只要一有人走近我们，他就如此三番躲猫猫。开始我还没有明白，忽然醒悟了，原来他是怕人家看到他没有穿内裤。

小小年纪，开窍了？如此良宵，他完全可以无忧无虑地享受大自然的给予，领略美好的月夜之美，可是因为躲东躲西的，让他如此不堪。这都是我这当爸的罪过：临出门时，考虑身上热得已经汗水直流了，武断地拒绝他要穿内裤的要求。是我的粗暴，是我长者的眼光和心态，是我凌驾于他头上的父权，造成了他的不安。我内疚了，我太缺乏对孩子成长的了解了。

又有一个人径直向我们走来，我猜想或许是我和儿子的对话引起了他的兴趣，或许是他正感到孤独想找个人聊聊，总之，直觉告诉我，他是冲着我们来的。

我知道当身边近距离多了个外人的时候，金羽再也无处可躲了。于是，我赶紧拉上他的手，匆匆往家走去。

在路上，我提醒自己，一定要尊重孩子的选择，不要自以为是地用长者的眼光和高高在上的父权剥夺他的选择。

子非鱼，焉知鱼之乐乎。任何时候尊重他人都是重要的！

感动的泪水在键盘上流淌

吃过中饭，同事刘欧来办公室跟我闲聊。在西安出差的儿子打来电话，我问他有什么事情，他说没有什么事情，问我睡觉没有。我说在与你刘叔叔闲聊呢！他说那就不多说了。放下了电话，心里觉得奇怪，儿子一般不会在我午睡的时候给我打电话的，打电话肯定有什么事情要说。

下午，在 QQ 上看到儿子挂在上面，跟他打了招呼。

下面是我和儿子的聊天记录。

JLFJY 15 : 03 : 36 老爸我爱你

JLFJY 15 : 03 : 45 你要注意安全

走过夏天 15 : 04 : 44 中午打电话，有事吗？

JLFJY 15 : 04 : 46 想说爱老爸

走过夏天 15 : 05 : 03 嘿嘿，说爱老爸，好感动哟

JLFJY 15 : 04 : 08 骑车时要注意安全

JLFJY 15 : 04 : 25 要看信号灯

走过夏天 15 : 04 : 44 为什么说骑车注意安全，有什么特别提醒？

JLFJY 15 : 05 : 41 我昨晚梦到你了

JLFJY 15 : 06 : 02 梦到你被车撞了

JLFJY 15 : 06 : 18 我和老妈都很伤心

走过夏天 15 : 07 : 03 梦到老爸?

走过夏天 15 : 07 : 18 所以你中午就打了个电话过来?

JLFJY 15 : 07 : 24 是的

走过夏天 15 : 07 : 38 你还哭了? 我的好儿子

JLFJY 15 : 07 : 55 今天到青龙寺去问了一下，说是反梦，哈哈

JLFJY 15 : 08 : 36 不过，你还是要注意一下啦

走过夏天 15 : 08 : 36 梦都是反的，儿子一片爱心我领受了

JLFJY 15 : 08 : 38 老和尚说没事的

走过夏天 15 : 09 : 17 哈哈

JLFJY 15 : 09 : 33 那时候我才知道我有多爱你

走过夏天 15 : 09 : 38 为了爸爸的梦还专门找了老和尚去解

JLFJY 15 : 09 : 43 老爸我爱你

走过夏天 15 : 09 : 53 老爸也是非常爱你

走过夏天 15 : 10 : 16 你是爸爸的亲骨肉

JLFJY 15 : 10 : 32 四点多钟，从梦中惊醒

走过夏天 15 : 11 : 08 你长大了，懂得爱了，爸爸十分高兴

走过夏天 15 : 11 : 23 你是爸爸的人格的继续和生命的延长

JLFJY 15 : 12 : 06 感觉人都崩溃了

走过夏天 15 : 12 : 24 你让爸爸感动

JLFJY 15 : 12 : 33 所以到寺里问了一下

走过夏天 15 : 12 : 33 这是我们从来没有过的交谈

走过夏天 15 : 12 : 57 你有这份爱心爸爸就十分知足了，爸爸感动了

JLFJY 15 : 13 : 24 出门过街要注意

JLFJY 15 : 13 : 33 嘻嘻

JLFJY 15 : 13 : 45 撤了

JLFJY 15 : 13 : 54 干活去了

走过夏天 15 : 14 : 27 忙吧

与儿子边聊边抑制不住眼泪流淌下来，骨肉至亲，父子至爱，人之常伦，是感天动地的。把这段聊天记录原文呈现出来，作为父子情深的见证吧！

说梦

一

做梦，每个人都经历过。梦的神奇，梦的飘逸，梦的怪异，都给梦披上神秘的色彩。自古以来，想破解梦的人如过江之鲫一样，可是谁也没有拿出一个让人信服的说法。

梦是人生活的一部分。晚上上床，头挨着枕头；中午躺在长长的沙发上；坐在汽车上靠在座椅上……都可以进入梦乡，梦往往会不约而至。不分情况，不分场合，不厚此薄彼，只要你入眠，都可能做梦，。

梦是唯一的，绝不重复。我们往往做了一个美梦，梦境里那个美好，那个幸福，那个畅快，那个舒爽……醒来后，想再睡着一次，与美梦重温，但是那美梦再也无法接续。梦是无法再回去的！当然，如果做了恶梦，人们是不想回去的，可是下一个恶梦会如影随形，其凶险程度往往超过前梦。好梦难温，恶梦却是连连绵绵。梦这是出的什么牌呢?

梦的世界比人类生活的世界不知要丰富几百倍呢，完全是想不到的，完全是现实生活中无法复制的，完全是你左右不了，支配不了的。梦会让你经历没有经历过的故事，让你体会你此生无法体会的感觉，让你实现你毕生无法追求的目标，让你神游，让你飘逸，让你奔跑，让你痛哭，让你大笑，让你……

二

太太常常对我谈起她做的那个十分有意义的梦，那是她刚刚怀孕时的事。有一天接到区劳动局的通知，分配她到一家企业工作。对于刚刚从东北迁居南京的她来说，工作太令人渴望了。但是这个时候她有了早孕反应。她与我商量，刚刚工作就挺着大肚子上班，会被人家看不起，再说也会影响单位领导对自己的印象，便决定把肚子里的小生命流产掉。我陪她到镇医院，挂了号，来到了妇科。一位年轻的女医生接诊。问我们看什么。太太说，现在要去上班了，怀孕太早，想流产。医生说，流产可以，但是今天做不了，要到明天，而且你们还要带上证明才行。那个时候，流产是需要证明的。我们说我们是夫妻，证明没有带。她说明天带结婚证来再说。我对太太说，回吧。

晚上，她做了个梦。梦醒了赶紧把我推醒，对我说，老公，我做了个梦。梦到咱妈挑着两筐香瓜来看我，对我说，我这个傻儿子，真是傻，你怀的是个男孩。然后她就醒了。我说，母亲的上天之灵来保护我们了。我们决定不流掉上天赐予我们的孩子了。果然，十月分娩，儿子诞生了。

我一直觉得太太这个梦不可思议。母亲是在我当兵第二年去世的，我和太太恋爱结婚是我提干以后的事。她从来没有见过母亲，母亲长得什么样她没有印象。我们家只有唯一的一张母亲抱着小时候的我的合影照片。但是她描述梦中母亲的长相就是母亲的样子，连说话方式和用词都是一样的：傻儿子——只有妈妈才会这样说。

说来也怪，母亲去世后，我从来没有梦到过她。有的时候我祈祷让母亲到我的梦里来吧，但是无论我如何祈祷都毫无用处。我在想，是母亲对儿子放心吧，因为儿子太太平平的，她看着满意，就不用来提醒我什么了。

父亲去世也好多年了，我也是一次也没有梦到过。父母是最为至亲的人哪！从感情上说，梦到是情理之中，梦不到，却是意想不到。

三

西方人出过一本书《梦的解析》，解析梦是怎么来的。读完这本书，我仍然不相信他解析出的论断。我们老祖宗也解梦，有《周公解梦》，这个解梦是术类，告诉你梦到什么，预示着什么。这是方法论，也是不能解释为什么我梦不到亲人，而我的太太能。

男人与女人做梦有区别吗？梦是生活的背影和折射吗？

小时候，读古代小说，经常会读到有关托梦的故事，觉得梦太神奇了，完全是正义的化身和使者。等到自己开始进行文学创作以后，知道了文学作品的创作是需要虚构和夸张的艺术手法的，古书所出现的托梦的章节，可以说是作者虚构出来的，比如《包公案》《施公案》中的托梦故事都是为了对办案有个合情合理的交待。

盛夏，沁人的草香

那是一种久违的感觉，回到办公室很久了，仍然感到那股浓烈的草香还在沁入鼻孔，游走于周身各个细胞，像是被太阳暖暖照耀着，轻轻搓揉着，那种畅快、怡人、温馨的感觉尽情舒展着。

好强烈好诱人哪，那块草地！当我迎着盛夏的灿烂阳光走进它的时候，那饱含着清新的、鲜甜的、丰嫩的草香味把我包围起来。草香是那么诱人，那么浓烈，那么不加掩饰，那么野性无羁，那么活泼天性。它来得不期而至，来得突然猛烈。它慷慨地付出了一个夏天生长的积累，令人心旷神怡，忘情不已。草的香味特别，不像花香，因为好看而被人们忽略。香草是以香味让我注意的，它的香是任何调味剂也调不出来的香气，是众草的合唱，是植物生命本能的表现，是“质本洁来还洁去”的流溢，是放纵生长的自然的抒怀。

我停住脚，微微合上眼睛，翕动鼻翼，尽情地大量地吸入草的香，让草香进入身体，融于细胞中，体味润物细无声般的滋润；当我俯下身，伸手轻轻地抚摸着婀娜娇小的香草，让它娇媚无力的身体紧紧贴在掌心时，心不由地震颤了。柔媚的香草散发着诱人的成熟，演义着生命的极致。

抚摸香草，嗅着草香，是一种充分享受大自然慷慨赐予的感觉，是一种生命本能相互接通的电灼般的感觉，是一种令人陶醉在梦境里的感觉。我细细打量眼前的草，是经过了一个春天的阳光雨露的润养成熟的草。在春天你嗅不到草香，因为只有成熟了的草才散发香气。春草长成了夏草，夏草变成了香草。

香草成熟了，成熟的丰韵，成熟的味道，成熟的富有，是美的极致，是自然的辉煌，是生命的动人乐章，恰如人生美好的时光。它以直白的方式表现它的情绪，草香弥漫、迷人，以整个生命的积累，浓浓的草香，完成了对火热夏天的回报。这个回报是那么香味迷人，那么激情澎湃，那么令人依依不舍……

我伫立着，久久地伫立着，用心倾情感受着香草，感受香草无私的给予。我在问自己，为什么对草香如此的敏感？为什么能引起内心世界的激动？

小时候，每到盛夏，我都要拿着镰刀到河滩旁、田边沟埂去割草，背回家晒干当柴火用。当镰刀挥下去的时候，草成片成片地倒在脚下，逼入鼻孔的是草的香味。我爱割草，爱闻草的香味，那是在体力劳动中得到的美好的享受。一晃住在城里二十多年啦，不用再干割草类的事，也就再也没有机会闻到草香。整天都生活在水泥钢筋包围的世界里，人的自然本能似乎远离了本体，处于麻木、呆板的状态，日复一日地过着相同的日子，感觉着差不多的感觉，重复着单调的重复。人们生活得日益简单，日益不需过多劳累，舒适给人以过多享受的同时，也麻木了人的神经，真应了福兮祸依的话。

细想想，人生有一得必有一失，在得到丰厚生活的同时也在失去一些自然的东西。快乐往往与痛苦同在。是这次不期而遇的草香，唤回了我的记忆，唤回了我对自然的深刻认识，唤回了我对美好生活的追求和向往，唤回了我对人生的宝贵时光的倍加珍惜。

感谢香草，是它给予了能够走进它并能够亲近感知的感官享受以及精神的愉悦。

记住，每到盛夏时，走进草地，与草香为伴。

我爱太阳

九点半的时候，太阳照进了书房。

阳光不那么火辣，属于温柔型的，像初恋时恋人伸出的手，有些热度，有些试探，缓缓展开的样子。

太阳缓缓升高。仅仅二十分钟，太阳骄傲起来，像恋人确定了恋爱关系一样，热度提高了。

坐在靠背椅上，我对今天是腊月初九有些诧异，室内温温暖暖，找不到逼人的寒意（室内没有暖气，也没有开启空调）。

喜欢阳光。喜欢温暖。

小时候，小伙伴们相互问：喜欢什么季节。我说喜欢夏天，无论多热我都喜欢。除我之外，小伙伴们好像约好了似的，说喜欢冬天。

现在年纪一大把了，反思自己。感觉自己还是小时候的性情。俗话说三岁看到老！即使是七老八十了，还是改不掉本性：我是一个重心性的人。精神的享受才是最大的享受。

还说小时候，那时大家都过着缺吃少穿的日子，吃上好东西是令人心仪的。绝大多数的小伙伴说喜欢冬天，是因为冬天有年节，好吃的食物多，他们把吃好食物放在了心的顶尖。而我却把第一喜欢给予了灿烂的夏天。

现在是十一点一刻，太阳越升越高，热度炙人了。像恋爱进入了激情期一样，激情四射，浑身冒火，一擦即燃。室内已经温暖如春了。耳朵被太阳抚摸得发热发烫，脸宠红了。

夏天是养眼的季节。土地被绿色覆盖，空气让暖流流淌。凡是有生命力的动植物，都开足马力肆意生长。生命的景象灿烂，生命的活力洋溢，生命的渴望激烈，生命的年轮增厚。

喜欢夏天，当然也喜欢太阳。从来不说太阳火辣辣，不说毒日，不说曝晒。喜欢太阳，是对喜欢夏天的表里如一的表达。

在我老家老屋的南面，大约三十几公里的地方有一座山，叫小五台山。山脉从东到西绵延，坐在炕上能够看到远山横卧。每当太阳升起的时候，能够看到圆圆的太阳从山的背后升起。红红的艳艳的，眼睛可以直视。迎着太阳穿衣，暖暖的。把太阳穿在了身上，感觉惬意极了。

离开家乡四处飘泊，再也没有住过像老家那样与太阳能够亲近、可以直视太阳的居室了。

前年出差到内蒙古鄂尔多斯市，住在宾馆。早上，被亮晃晃的太阳喊醒了。窗帘一拉开，太阳光照进了房间，直通通的，连一个拐弯都没有。那是我离开家乡，多少年以来第一次感受到离太阳是那么近，那两天的感觉终生难忘。在江南住了许多年，总是感觉太阳离得那么遥远，那么崇高，那么无极。

十二点了，太阳升至了中天。热度正好，像恋爱的缠绵期。一片火热，一腔痴迷，一倾所有。室内暖意融融，光彩耀人。

室内热得坐不住了，我放下手中的笔，穿上外套，去户外踩阳光了。

秋的韵脚

初秋，空气异常清新和透明。走在路上，过去感觉距离很远的建筑物，忽然间走近了身边；过去看上去模模糊糊、朦朦胧胧的街巷，忽然清晰精致起来；过去总被认为衣着不鲜、面色不艳的南京女孩儿，一下子出脱得漂亮迷人。

这都是秋送来的。

秋的直爽、坦荡、无私的性格，给人们一个透明的世界。

爱秋，是经历了冬、春、夏才体味出来的。冬，寒冷，冰雪，朔风，把人们的兴趣都封锁在暖室里。人们处处都防着冬，躲着冬，用温暖驱赶着冬。春，爱闹的孩子，脸常变，情不定。人们喜欢春是与冬的冷酷对比的结果，当然也因为春带来了生的气息，给人以激动和舒展，对春的感觉是想把握却把握不住。尤其是南京的春天，眨眨眼的光景就飞跑不见了。夏，炎热，燠闷，暴雨，冰雹，人们在躲避，在烦燥，在燃烧，恨不能请孙悟空再借一次芭蕉扇把夏给扇走。秋则不同啦，冷热适度，艳阳明媚，空气弥香，视野透明，让人喜欢，让人享受，让人流连。

爱秋，是成熟之爱，是发自内心的爱；爱秋的人，是悟透了人生真谛的人。

赏秋，是秋给予人以美艳的享受，具有了让你品赏的形象和内涵。会品赏的人是懂得事物的真谛和美的内核的人，是有着一双慧眼的人。当秋款款走来时，稻谷飘香，瓜果红黄，嗅着诱人，看着喜欢。用手抚摸秋，能感到成熟的魅力在流溢、在波动、在闪光、在诱惑你……会随着那丰腴的节拍不由自主地去感觉、去体味、去舞蹈。是美韵悦耳，是通体留香，是甜美蜜浆，让人爱不够，爱得没完没了。当你卸下工作的劳累，坐在平展的草地上，静静与秋对视着，你的瞳孔里写着秋，秋的瞳孔里装着你，静谧清彻，情义幽深。你与秋，秋与你，身心合一，于是携手走进了爱的深处，感受着舒展无尽的情怀。

恋秋，是秋的情绪牵着你眷恋的情绪，是秋的秋千荡着你思念的秋千。人们在经过了春天的耕耘，夏天的劳作之后，在秋的时候获得了收获的喜悦和大自然的馈赠。那是秋的情愫在沉积之后倾情的释放，弥散着沁人的气息，浸入你的血液和细胞中，成为难忘的记忆。

看着秋，人们常常会回首春和夏，会审视过去因无知无畏而留下的遗憾和火爆躁动而铸就的创痛。秋是一面镜子，不仅能照着自己，还能照着社会，让你有明理般的感慨，会使你一下子悟出人生的价值，跟着秋走向成熟。

恋着秋，珍惜着秋，是对秋的珍爱，也是对自己的珍爱。有时人们爱把秋比喻成步入成熟的人生阶段：性格的沉稳、恬静；为人的宽宏、大度；身体的美丽、强健；内心的坚定、富有，恰如秋的真实写照。

习习的秋风奏起满天的丰韵，欢喜地在人们的身上弹奏着悦人的乐章，那是天籁之音。懂得秋的人懂得珍惜宝贵的光阴，秋到了，冬天也就不远了。抓紧享受秋的快乐吧！

冬日随想

冬日，放任脚步，放松神态，踏着斑驳的树影、楼宇的阴影，漫无目的，漫不经心，漫步街头。

随意在街上走着，路过看着顺眼的店进去瞅瞅，对感兴趣的物品伸手摸摸，对想买还犹豫不决的商品开口问问，冲态度不好的售货小姐把眼睛瞪瞪。

喜欢逛街，喜欢无目的地逛，喜欢一个人逛。没有伴儿伴在身边左右你的想法，没有购买压力，没有既定路线，只是心绪无牵地走着。满街游人如织，自己只是其中的一分子，像是水滴溶在海洋里。仿佛走进了森林，周围都是与你不相干的树；仿佛走进了草原，与你擦肩而过都是不经意的风。

顺着街道无目的地行走，常常会拐入小巷。长长的深深的小巷，江南的。一个人的影子忽长忽短，忽高忽低，在斑驳的墙上影印一串串不规则的符号，仿佛天书一样，一闪即逝，无法捕捉。鞋子与青石板相吻相接发出悦耳的叭叭哒哒的声音，回荡在小巷里，既亲近又有乐感。

人们喜欢自由自在，无拘无束。但是现代人被工作包围了，被事业锁住了，被荣誉捆绑了，被责任俘虏了，没有了自己的时间，没有了自己的自在，没有了原生态的惬意，没有了自由的支配，没有了自己。

喜欢在冬的时节闲逛，天气有点小冷，心绪不温不燥，走路不紧不慢。偶尔有枝头飘落下来的干树叶，滑落肩上，飘到脚下，让你知道这是冬的赠品，顿悟人生的短促。

珍惜眼前，珍惜已经握在手上的东西，就是珍惜人生。人生如四季，到了冬天，谁还会去过分纠结什么呢?

在冬日里自由自在地逛吧。自由自在，是那般的美好。在逛中，冬日给人以体悟，给人以警醒。

吃醋

都说女人爱吃醋，这个说法有一定道理。

女人天性敏感，尤其对感情的体味更是如此。她时时刻刻用心细微地感觉着对方，一言一行，一瞥一闻，有时即使在电话里，对方接听电话时注意力不集中也会引起她的诘问。

女性是敏感的蜘蛛，对爱恋对象的些微变化都能感觉出来，在她的网络里如果有外来者侵入，她将全力出击。女人出击的方式是向爱恋对象扳倒了醋瓶子，让醋的酸液弥漫二人世界，让对方感觉她的不满。对方反应程度的强弱是她是否再采取措施的依据；反应的程度弱，她的醋意就浓，就接二连三，波浪滔天；反应的程度强，她的醋意就淡，会戛然而止，雨过天晴。

醋是检验爱的试金石，有了醋，说明有了爱，它与妒忌有着本质的区别。妒忌是心胸狭隘的表现，醋是爱的化身；妒忌是技不如人的哀痛，醋是满盈爱波的荡漾；妒忌是心理不健康的病灶，醋是情感澎湃的浪花。爱总是浸泡在醋坛子里，酸甜苦辣，醋是第一味。有哪个男人愿意她的女人不吃他的醋，我想没有谁会这么说，如果真是这样，说明他已经不爱他的女人并要摆脱她啦。

女人不吃醋的话，说明她不爱你。对谁都不吃醋的女人说明她还没爱过。有时男人反感女人的醋劲，认为这是女人小心眼的表现，其实醋是女人规范男人行为的宝典，是提醒男人别在感情的海岸走私的缉私艇，是规劝男人别站在这山望着那山高，免得高处失了脚的安全带。

对男人而言，女人的吃醋可贵。只有懂得倍加珍惜，才能获得真爱。

醋也有海涨潮落，醋也有江长水短，醋也有日满月阙。善待醋，从醋中体味人生情感的真谛，找到属于你的情感。

说女人吃醋，不是说男人可以例免，男人也是爱吃醋的，只是表现的方式不如女人那么直白、那么诚挚、那么火烈。男人有男人的方式，但是只要是醋，内涵都是一样的。

敏感

一首歌曲的吟唱能勾起你对远方恋人满腔的思念；一片树叶的凋零能让你感悟人生的短暂；一块烧饼诱人的香味能把你带回童年；一袭洒落在身上的月光能把你的诗兴点燃……心，羽翼般的轻盈，敏感的触角随时都在接通心灵感应的神经，对风花雪月、兽鸟鱼虫、声光电影……无不情有独钟。

感时花溅泪，恨别鸟惊心。心灵的感应，古今同调，一脉相承。人之所以为高级动物，最主要的标志是人有情感，有独立思考的能力。要承认，动物也是有情感的，我们常常看到动物之间感情表达的照片以及视频，无不为之感动。记得章含之写过一篇文章《谁说草木无情》，讲的就是她丈夫乔冠华在家里侍养的花草和他与之发生的情感故事。世间万物，只要是有生命的，都是有情的，只是体现的方式不一样，而我们获得信息的渠道与之不对称而无从知道罢了。

有情才有敏感，它源于爱情海潮的汹涌澎湃。当爱情悄悄走进你内心的时候，你不由自主地异常兴奋，激情勃发，看一草一木，走一街一巷，吮一糕一点，无不百感交织，万念交汇。一种情感油然而生，爱屋及乌，仿佛拥有了整个世界。敏感的雷达波，时时感应着，处处触摸着，不断地扯出心头的红丝线，系上一端的你，再系上另一端的她，徜徉在迷人的伊甸园。

你走在路上，看星星，看月亮……你坐在车里，看街景，看行人……你睡在床上，看屋顶，看灯光……，都能感到她就在你的身边，她走路的姿势，说话的声调，星似的亮目，月似的脸庞……你的心里满满地装着她，同样装满了幸福和快乐。

敏感不是处处都在，时时都有的。人类历史上，年年岁岁，有多少有情人演绎了可歌可泣的故事。这故事既是不同的又是相同的，不同的是不同的人不同的经历，相同的是故事主旋律永远大写着至情至爱，留给后人的都是崇高爱情的绝唱。当我们读到或听到古往今来传颂的千古绝唱时，会心犀有通。人同此心，心同此情，仿佛又是一个情种的托生转世。

随着年轮的增长，会出现对什么都有一种司空见惯的感觉，对什么都感觉不到新鲜了，对什么都提不起劲来了。记得作家谌容在描写中年人的心境时写到懒得恋爱，懒得离婚，不禁拍案叫绝。

是的，有了一把年纪的时候，懒字当头，懒得没有激情，懒得什么都激发不起来啦，你说到哪去敏感，冲什么去敏感?

敏感是年轻的标志，是激情的表现。朋友，如果你有了这种状态，千万千万要珍惜，要呵护呀，说明你还年轻着。

情牵葫芦丝

到昆明、大理、丽江作匆匆游客，行一路，走一程，耳鼓里装满葫芦丝的音乐。回到南京已经很久了，虽然昆明、大理、石林、丽江的风景随着时间的推移渐渐模糊了，与人们谈起云南已不像刚回来时那么激动和振奋，但是宛如天籁之音的葫芦丝乐曲经久绵长地萦绕耳边，浸入心髓，与心底珍存着的对云南眷恋的情感汇融一起，通体舒展开来，在身上每一个毛孔弹奏着惬意的音符，流淌出快乐的特别感觉。

平时在电视、广播里，在演出现场，在街上，在娱乐场所，耳根里注满了各种流行的、摇滚的、现代的、古典的音乐；即使是家里珍藏的CD，也是跟随着媒体传播的导向购得。说实话，我对音乐的喜欢，大多是外在影响的作用，谈不上有特别的喜好，更不要说有欣赏水平啦。

有个发烧友朋友对我说：不喜欢交响乐的人是不懂音乐的人，不听摇滚的人不现代。我不知道这话有没有道理，有没有权威性。总之我觉得我的喜欢，不一定要与专业或权威挂钩，不必与懂不懂扯在一起。说实话，我不大喜欢交响乐，耳鼓消受不了那份宏大震耳的高雅！更不消听摇滚啦！按照发烧级标准衡量，我是不懂音乐的人。

音乐是世界通行的语言，是免签证的全球通行证，是人类美丽的元素，是灵魂的慰籍。没有人说自己不喜欢音乐，只是每个人喜欢的音乐有所不同而已。

当我走进云南，饱览高原美景，听着美妙的葫芦丝音乐，大有茅塞顿开的感觉。我明白了，原来我喜欢的音乐，正是葫芦丝所演奏的轻盈细腻、单纯清丽、悠长委婉、圆润质朴的音乐。我终于找到了自己喜欢的音乐的风格，以往的懵懵感一下子变得清晰起来了。

葫芦丝，是云南有代表性的少数民族乐器之一，又称葫芦箫。主要流传于傣、彝等民族中。葫芦丝属于簧管类乐器，常见的葫芦丝由一个作为共鸣腔的葫芦和三根竹管组成，竹管插入葫芦的一端装有簧片。中间竹管为主管，两边的为副管，主管上开有七个按音孔，副管无按音孔，一般只能发一个固定音，用作和声以丰富表现力。葫芦丝音乐因为有葫芦作为共鸣腔和竹管音孔调节音律，所以既有竹笛的清丽之音，又有葫芦的委婉的和声，因而表现力特别丰富。《小河淌水》《山寨情歌》《采茶舞曲》《情深意长》《婚誓》等，都是我们耳熟且百听不厌的音乐。

云南是少数民族比较多的省份。云南过去生存条件欠佳、经济落后，但是少数民族对生活所持的乐观态度是其生息繁衍的不竭源泉。他们对美好的追求是无止境的，所以有了火把节、泼水节等具有民族特色的节日。过节少不了通宵达旦的狂欢，狂欢没有音乐怎么行？葫芦丝音乐是千百年来由少数民族代代相传和发展而逐步形成的。

一名音乐家说过，民族的就是世界的。葫芦丝音乐虽然是少数民族的，但是它也是属于世界的。世界音乐因为有了葫芦丝而更加丰富。

回到家，我常常关起门来，打开音响，放上一碟葫芦丝音乐的 CD，惬意地躺在沙发上。葫芦丝的精灵欢快地舞着、蹈着、跳着、跃着，充盈整个屋子，把我环围簇拥，用太阳般的小手搓着揉着。身心不由自主融化了，化成音符与葫芦丝一起流淌。葫芦丝让我从心底里甜美地感受那份缠绵，那份柔情，那份灵性，那份惬意，那份舒畅，那份无我。

前不久读刘墉写的《似水流年的爱》，他说，许多美，许多爱，都不在发生的那一瞬。因为那一瞬只有激情、只有感动，过多的感动反而不真实了。直到事后过去，蓦然回首，那滋味突然浮现。当我在云南的时候，葫芦丝音乐确实打动了我，但是真正意识到我喜欢上了它，是在我回到南京之后。当葫芦丝音乐慢慢从我的内心深处越来越清晰地浮现出来，我知道我的生活里，不能没有葫芦丝了。我跑了几家音像商店，把不同版本的葫芦丝音乐 CD 全都买了回来。

什么东西会挥之不去？只有融入了心灵的东西才会挥之不去。

葫芦丝，轻盈地扣开我的心扉，进入我的内心，不管什么时候在什么地方，都会在心底吹响，成为永久的旋律。

笔的絮语

我站在笔筒里，孤孤单单的，而且还冰冰冷冷的，墨水在腹中已经干涸了。想哭，却挤不出眼泪；想闹，却无法跳出高高的笔筒；想喊，可是一顶厚厚的帽子把嘴脸都盖住了，无法发声。

从前的从前，我是多么的骄傲和了不起。我和姐妹们排排正正地躺在玻璃柜里，身上散发着青春的活力和富有文化的韵味。那一天，一个文静的男人，大大的好看的眼睛对着我凝视。我立即感到身上像通了电流似的有了震撼感。哇噻！我前世的男人来了！

当我从玻璃柜里被售货员拿出来，躺在你柔软的手心上，被你爱抚着欣赏着，一股说不出来的热流通遍了全身。被欣赏被爱抚的感觉真好，真好，真好。喜欢你温柔的抚摸，喜欢在你的手掌里翻转着被你盯着看，我好渴望能成为你手心里的宝。

你把我插入了上衣的衣兜，衣兜盖上专门开了个小天窗，我知道那是我的窝，因为已经被领走的姐妹们都在享受这种普遍一致的待遇。我喜欢这个温暖的小窝，左侧，靠近心脏的地方，我可以近距离地听到你的心跳，触摸你的灵魂。哟，我闻到了一股特有的香气——男人少有的体香，是文化人特有的香味吗？总之，很特别，真是难遇难得哟！嘿嘿，我知道有的男人是臭烘烘的！离得很远就闻到一股让你想赶紧逃离的味道！我的主人，以后我可以与你同呼吸，随时嗅闻你的体香呢！我高兴我兴奋我渴望，我喜欢与你整日厮守为伴！

你带我回家了。我的幸福终于到来了，三生三世终于等到了你！

你一到家就急急忙忙地扭开笔套，让我金光闪闪的笔尖露了出来。你开心笑着，仔细端详我好一会儿，然后把笔头浸入蓝黑墨水里，让我吸得饱饱的。你让我在白纸上轻轻划动着，身子与纸的摩擦奇痒无比，这就是我的命运哟！墨水有节奏地汩汩流淌出来，留下美丽的字迹。

我看到你是那么兴奋，那么冲动，把我凑到嘴边，用力吻了一口。我感觉被从没有过的尊严附体了——我成为了你的新宠，你的爱。

我知道你喜欢我，可以用爱不释手来形容，也可以说是形影不离。你有个习惯，在写作陷入思考时，会把我放在你的手指尖，轻轻搓揉着。不知道在多少次的搓揉中，你突发灵感，立即挥动起我的身子，在雪白的纸上，飞龙走蛇，那一刻那一时，没有停留，没有迟滞，没有间歇，只是一股脑泼洒着，灵动着，洋溢着，劲舞着，一张二张三张……直至我的肚子空空，在纸上留下白白的印痕你才作罢。是的，我的主人，你写累了总该停下来歇歇吧，有时候你是个工作狂，常常是通宵达旦。

我最喜欢这个感觉，无限的投入等于无限的爱！我骄傲！我的主人用我书写出无可计数的令人称道的文字，那些文字筑成了思想的山、观点的河、报告的江、新闻的海、总结的路、计划的云、诗歌的美、散文的真、小说的幻……

一天，你把我顺手揣在衣兜，骑着自行车外出。你哼着小曲，悠然自得地骑行着，突然你的自行车与别人的自行车相撞了，撞得很厉害，连我都被撞飞出了衣兜，滑落在地，滚进草丛。离开你的一刹那，我高声喊了，却不知道你为什么没有听到。我看见你从地上站起来，正了正自行车车把，与那人礼貌地打着招呼，说着对不起，你们都自顾自地走了。

夜的黑来临了。我躺在草丛里，听着来来往往的车辆发出的声音，听着杂乱无章的脚步声，听着东南西北的不同口音说着的话，心里别提多么的难过。最为可恶的是，一只小狗狗跑到草丛里，冲着我撒了一泡尿跑开了，那个臊味别提多薰人了。我惧怕着，盼望着，难过着。主人哪！你怎么这么粗心，怎么摔了一跤都不知道摸摸你心爱的宝贝掉了没有。你是个粗心的家伙，我埋怨你，咒骂你，恨你恨你恨你。怎么就这样把我丢下了？为什么为什么为什么？我向你抗议，向你示威，向你发号施令，可是我知道这不现实，因为你根本听不到看不见。

不知过了多久，在迷迷糊糊中，忽然我的身边传来了脚步声，这脚步声我太熟悉了，是你的声音，是你是你就是你。我刚要冲你喊，遮住半边脸的草被拨开了，你一把把我抱了起来。你说，坏东西，你让我好找呀，一个晚上都没有睡着，找了多少的地方呀？你知道吗？你是个坏蛋！大大的坏蛋！你数落着我，就像我数落着你一样。我满足了，无怨了，开心了，我知道你这个男人是爱我的，你是不会对我不闻不问的，这也可以说成是责任吗？接下来发生的一幕让我不好意思描述了，你抱着贴着吻着我，而且那么用力，让我几乎喘不上气来！我知道我在你心中的位置了！我陶醉了满意了幸福了，小鸟依人般依偎在你的手掌心里。

我知道我是你心中的最爱，最疼，最宠，你离不开我呢！你这个酷爱舞文弄墨的家伙，怎么能离开我呢？笔尖写秃了，你会坐上好长时间的车，跑好远的路，给我更换新的笔尖。有一次把我摔了一下，笔杆裂了道缝，你找了好多家修笔店，最后是你出差到上海才给我更换了新的好看的笔杆。你为我费尽了心思，我知道，我领受，我感恩。当然我也是为你尽心尽力，默默为你记录了数不清的思绪的片片羽羽。

我不知道我可不可以有妒忌。虽然这么发问，有尊重的意思，但是说心里话，我是妒忌了，甚至有些生气了。你这家伙，用我去给一个姑娘写情话，写情诗，写爱，有时候半夜三更地写无数遍那个女人的名字，我觉得我流淌的不是墨水，而是酸酸的醋水，也可以说是泪水！我可以妒忌吗？有了妒忌说明我有了生命，与你一样有了同样的人类情感。我的主人，你怎么能知道呢，十年修来同船渡，你以为我仅仅是一支笔吗！跟你日久天长，在你的熏陶启发下，我有了活性，有了灵性，有了情感。我生出了一颗小小的痴心。

写情书就写吧，我也顾不了你写什么。你终于用我写的火辣辣的文字，赢得了姑娘的芳心。你们恋爱了，火焰般，排山倒海般。你送她定情物，她也送你定情物，可我万万没有想到她送你的定情物竟然是一支笔。唉，我的使命要结束了，有了新人，我这旧人的命运似乎走到尽头了。

呵呵，你真是个让人爱恨交杂的家伙，喜新不厌旧，仍然把我放在第一位。呵呵，那个女人送你的礼物，被你放在抽屉里，像宝贝一样藏起来，没有拿出来使用过。

唉，不说了。说妒忌是轻的，都是陈糠烂谷子的事了，不提了。现在可是悲惨了，自从你有了电脑，有了手机，你轻轻地敲敲键盘，刷刷屏幕，就把思想和灵感化为文字，定格成文章了。我几乎到了没事可干的地步了。我站在笔筒里，只能向你行注目礼，看着你敲击键盘，看你依然像过去那样神采飞扬地快乐无比地写作着，我既嫉妒，又无奈。我不抱怨了，不愤愤不平了。我知道科技发展了，社会发生了巨大变化，我是不是也到了退出舞台的时候了？

我自豪我骄傲，因为我毕竟青春过，成长过，唯一过，疯狂过，辉煌过，我现在的闲适正是时代的进步哟！

我想起小时候妈妈经常唱的一首歌：

我是一支小小笔，
徜徉在洁白的纸张里，
白天黑夜奔波劳碌走东走西，
与勤奋的人儿是伴侣。
披星戴月见证成长，
我的成就无与伦比。
让我走吧走吧，
一直走向辉煌的无期。

水过留痕

1. 想念是一把尺，度量心中的爱；想念是一壶酒，催生迷人的醉；想念是葫芦丝，吹奏美妙的旋律；想念是掌中宝，闪动着今生的珍贵……

2. 等风送来你的信息，等雨送来你的温柔。等，有维度，有考量，有考验，要学会等。在等的时间里，可以抽出思念的丝线，编织爱的霓裳；可以鼓起渴望的歌喉，唱出情的旋律；可以打开诗兴的大门，放飞想的翅膀！所以说，没有不可能，只看有没有毅力！所以说，等不是不可以，就看如何去等，等的有没有艺术水准。

3. 珍惜爱，爱就永远存在着；抓住爱，爱就永远属于你。和爱人在一起是幸福的。爱你的人，才能给予你火热的爱。

4. 爱要张弛有度，留有空间，这个空间是留给自己的。任何事情，都不能过满。满招损，亏会益。爱情是难得的人生机缘，一旦拥有了，是要火热投入。当然投入的燃料也要节省一些哟！

5. 爱的感觉，爱的滋养，爱的相守，其实是个惭进的过程。爱总是在不知不觉中到来，像春雨，悄无声息地融入心田，爱的种子慢慢地萌芽了，等到感觉出来的时候，已经长大了。有了爱，人活得就鲜亮、光彩。爱是人生的滋养，人生在世不能没有爱。善待爱，爱的幸福就会永驻心田。

6. 爱不存在应该不应该的问题，爱只存在有没有的问题，有了爱就爱下去。爱是上帝赋予人类的自由落体，呈直线运动。爱了就一往直前。爱了，恨哉！恨了，也爱哉！既来之，则安之。找爱你的人去，开心与快乐伴你永远。不爱不再勉强，让一切的一切如水流走。

7. 人的一生，如果能拥有一位知疼知爱的人，是幸福快乐的。虽然日常生活单调、乏味，但是你遇上一位疼惜你的人，给你快乐和幸福，这是令人欣慰的。要珍爱珍重，互有互为。

8. 要学会理解爱，撒娇、妒忌、童真是爱的语言；学会理解爱的反义词，你就充分理解了爱，不会因此错过、错怪、错罚了爱。爱是一门艺术，是一门课程，需要用心去学习体悟，才能拥有自己对爱的真知灼见。

9. 爱是那种细微之处的关心，是那种发自内心的疼惜，是无论在哪，都把对方惦记。离得越远，想念越是强烈。情是有情有爱的人的专利。

10. 珍惜经历，让每一次夜空都闪烁繁星；享受过程，让每一朵鲜花都绽放美丽。珍惜心爱的女人，用温柔体贴的心，细致入微的爱，让她的经历成为永不打扰的封存。

11. 成熟不在于年龄，在于心智。成熟是美好的状态，让我们进入美好的状态，从青涩走向成熟……

12. 人生不过百年，能牵手的时候，请别只是肩并肩；能拥抱的时候，请别只是手牵手；能在一起的时候，请别轻易分开；能成为红颜知己，请别刻意离开！珍惜眼前人。是的，把你的话化为实际行动！人都是宇宙的过客，匆匆来，急急去……珍惜拥有，享受拥有的快乐。

13. 认识不在早晚，左右心境的是情。有了情，才有了早的渴望、晚的遗憾！人生在世，人海茫茫，不是谁跟谁都能认识，认识是前缘注定，是今情缠绵，是来世期待。只有经历了，才有真实感受；只有痴爱过了，才能品味爱的滋味。

14. 虽然不说那个字，但是心里已经温习了万遍；虽然今生不能朝夕面对，但是却能把每一次的相见化为凤凰涅槃的飞翔；虽然没有给予天给予地，但是却得到了天般的快乐，地般的舒展……还要什么呢？人生有一相爱足矣，有一相逢足乐，有一相知足够……

15. 人与人是不一样的——男人与男人不一样，女人与女人也不一样。正如我们常说的那样，叶子与叶子不一样，树木与树木不一样，山与山不一样，正因为不一样，这才形成了大千世界……爱情因人而异，也呈现不同的形态，是独特的，是无法代替的。

16. 我爱你，不是因为你是一个怎样的人，而是因为我喜欢与你在一起时的感觉。失去某人，最糟糕的莫过于，他近在身旁，却犹如远在天边。纵然伤心，也不要愁眉不展，因为你不知是谁会爱上你的笑容。对于世界而言，你是一个人；但是对于某人，你是他的整个世界。不要为那些不愿在你身上花费时间的人而浪费你的时间。对于爱你的人，你就是他的全部。

17. 不要急，最好的那个人总会在你不经意的时候出现。在遇到那个人之前，上天也许会安排你遇到别人；你要感激你以前所承受的酸甜苦辣，谢谢曾经的花香满园，谢谢曾经的夏日火热，谢谢曾经的秋果累累，谢谢曾经的冬日暖阳……没有冬，不知春；没有春，哪有夏；有过夏，最终有了秋实……谢谢曾经看过的海，谢谢曾经登过的山！这些的这些，让你知道了什么是真爱！珍爱你的拥有吧，无论今生今世遇上什么样的苦难，什么的样的疾病，什么样的大难临头，都要握紧手中的宝。

电话不了情

走出电信大厅，心里忽然有种莫名的酸楚。陪伴我和家人二十多年的宅电说销号就销号了。以后的以后，宅电的铃声不会再在家中清亮地响起；以后的以后，再也不会在半夜三更睡意正浓的时候被酒喝多了的战友打来的倾述电话所惊扰；以后的以后，那些功能繁多的美丽的电话机将从客厅、从卧室、从书房、从卫生间消失了。曾经是身份的象征，是家庭生活质量提升的标志的宅电，就这样轻轻地挥挥手说走就走了。心里酸酸楚楚的感觉生出了无数条线，紧紧地缠绕着我，结上了一个结，又结上了一个结，让我不能自已……

最早接触电话是在当兵的第二个年头，我从连队调到营部当文书。结束了在连队睡大通铺的岁月，一个人睡一个房间，觉得什么都新鲜——枪械、扩音设备、铁皮文件柜、办公桌，其实最撞击我心扉的是电话机。小时候看电影，每每看到电影演员优雅地对着电话说话，语气或高昂或急促或严厉或缠绵，觉得是那么神奇那么不可思议。如果哪一天自己也能像电影演员那样，对着电话机像模像样地说话该多好啊！没有想到当兵的第二年，这一愿望就实现了，我到营部当文书，有了专用电话了。可是，在当文书的那段时间里，我每天都像擦拭宝贝式地擦拭电话，却没有听它响过。那个时候，营部首长的房间与我的房间紧挨着，有什么事，他们常常是走过来跟我说。事情急了，才会拉开门偶尔喊我一声。我心里想，首长啊首长，你们打电话给我不就行了吗！可是首长们一点架子都没有，什么事都亲力亲为，指望他们打电话给我发号施令太难了；当然，指望下属连队给我打电话也是无望的，因为我毕竟是新来的小文书，人家都不认识我呢。所以我只能眼馋地看着电话，拿起来又放下，放下了又拿起来。说心里话，刚刚拥有电话的时候，我确实是想过一把打电话的瘾，可是却不知道往哪儿打，我找不到可以通话的对象，因为我要通话的对象是没有电话的。那个郁闷是难以用语言形容的！

拥有电话并且经常打电话是在我当了政治处秘书之后。我在营部只当了一个月的文书，就被调到团部从事新闻报道工作，再后来提干当了政治处秘书。当了秘书，我真正体会到什么叫打电话打到手酸（现在我患上了网球肘病，我怀疑是不是一直用左手打电话的缘故呢？），说话说到嘴软的感觉。秘书的日常工作，除了要及时处理首长交办的工作任务外，打电话和接听电话成为工作的常态。先说打电话吧，首长的指示，要通过准确的理解，在短时间内，把首长的指示精神通过电话传达下去。要做到听得清楚，说得明白，传达不走样。听功和说功是秘书的基本功。再有就是接听电话。接听电话的学问可是不少，一是，礼貌是必须的，口气也是谦卑的；二是，在接听中先要弄清楚对方是谁，以及要讲的内容，为了避免接听有误，要随时在手边的便笺上做好记录，并把做好的笔录回诉给对方，没有问题后，再在第一时间把电话记录呈送给首长。

秘书岗位，电话成了与其相伴相随的 24 小时的班值。有了电话，生活和工作仿佛与电话结了对子——你不能无视它的存在，不能无视它的呼喊，电话就是命令！无论你在做什么事情，电话铃一响起，都得停下，要赶紧抓起电话接听。当秘书那些年，打电话不再是青涩年少时代的梦想了，而是一项日常性的工作了。感谢当秘书那些年打了那么多的电话，这是对自己工作能力的锻炼，也使自己的语言表达能力有了大幅度提升，初步学会了听音识人以及与人沟通交往的艺术。

打办公电话成为日后工作中的日常，时间长了也就习惯了。随着年轮的推移，工作的变化，自己外出公差、开会渐渐多了起来，尤其是去了外地总想给家人打电话报平安，可是家里没有电话，那满腔的话语只能压抑在内心里，化为祈祷和望安了。后来，太太从事产品销售，出差成了家常便饭，每次出差回来她都要抱怨一通家里没个电话是如何的不方便；孩子上小学，我们都是上班族，中午在单位不能回来，孩子要在家自己弄饭吃，说实话，有个电话就可以远程指导了，心也能放下来。装电话渐隐渐现地走入了家庭建设计划中。可是那个时候，安装一部电话，并不像现在买一部手机那样轻而易举。首先安装电话有不菲的初装费，因为工资收入低，初装费于我们而言是有一定压力的。其次是即使申请了，也不见得能装上，电信部门要看有没有线路通到你申请的地方。如果没有线路，申请也是白搭。

记得那是 20 世纪 90 年代初，春节期间，一家人展望新年梦想。太太首先提出要安装一部电话，她说每次出差在外，都十分想家，家里有个电话说话就方便了。我说有同感，因为有时候太太把电话打到邻居家，邻居虽然很热情喊我接电话，并且体贴地把我接电话那个房间的门关上，但是毕竟是在邻居家，通话内容依然是有所选择的，不能尽兴尽意。再说，去邻居家接电话不是长久之计，一次两次可以，时间长了，会影响人家生活的。家毕竟是私密的地方！儿子听说要装电话，举着双手说赞成，他说中午放学回家一个人孤零零的，有个电话也可以和爸妈说话。最后，我们一致同意争取尽早把电话装上。

那年南京的天气热得格外早，“五一”过后，气温攀升到三十多摄氏度，而且温度越来越高。南京夏天的热十分特别——闷热，蒸笼般的，尤其到了晚上一丝风都没有，让人无法入睡！南京人喜欢太阳落山后把竹床摆到院子或者是门口，泼上水，摇着扇子，坐在竹床上聊天，聊困了，就四仰八叉地躺倒入睡了。我是北方人，南京人的这个习惯我接受不了，无论天气怎么热都要睡在房间里。所以一到夏天，就与酷暑反反复复作斗争。那个时候已经有空调了，是进口货，价格奇高，八千多块，相当于一年的工资收入了。但是为了睡个好觉，咬咬牙，把所有的积蓄全拿出来，把空调搬回家。唉，仅仅是一台哟！不像现在，只要有房间都会装上一台空调，有的人家奢侈得连厨房都安装了空调呢！空调真是厉害，从那以后再热的夏天都能睡个安稳觉了（嘿嘿，长肉的日子也跟着到来了！）。当然，安装电话的想法只能先搁一搁了。

一晃夏秋过去，年底到了，数数存款，装电话的费用差不多了。在这当口，洗衣机来添乱了，在经历坏了修、修了坏、坏了再修的苦难历程后，它终于彻底罢工了。换洗衣机又成了当务之急！必须特事特办了！就这么一而再、再而三救急式地解决生活中的种种必需和困扰，安装电话的想法仿佛魔幻成了一个梦想、一个目标、一个追求，成了鼓励、激励、鞭策我努力工作的精神力量了。

是的，好好工作，多多挣钱，才是王道！另外还要说一句：只要坚持梦想，总会有实现的那一天！终于，在初议装电话的某年某月某一天，属于我们的宅电终于走进了家门！那几天里，给所有的亲朋好友都打了一遍电话，告诉他们以后可以往家里打电话了！

家里有了电话，生活仿佛一下子上升到了一定的层次，有了小康的感觉。细琢磨，在理。宅电，虽然是必需的，但是在家庭生活中相较排位却是靠后的。家里的电器要添置吧，日常生活要维持吧，孩子教育要投入吧，长辈需要孝敬吧，同事应酬不能少吧，当这些完全不成为问题时，宅电才能提到议事日程。宅电曾经是代表一个时期的家庭生活质量水准的一个标志！是的，那个时候，有宅电仿佛是很有面子的事，印名片都不会忘了印上宅电号码（哪像现在，宅电成了隐私的一部分，搞得人人像隐形人一样）。

曾几何时，风光无限的宅电转眼间不受待见了。首先是手机的出现，对宅电造成了冲击，因为大家发觉相互联系用手机最为方便，没有特殊情况人们是不愿意打宅电的。再就是手机通讯软件的出现，彻底颠覆了人们传统的通信理念。通讯软件不仅可以发短信，可以语音留言，可以语音通话，更可以视频，真正实现了通话双方相互看着、相互笑着、相互戏闹着说话……有了这样功能强大的平台——有了群聊，有了朋友圈，有了红包雨，有了刷屏，宅电的功能彻底失色了。

任何事物都有着它的生命力，退位了或者是消失了，是因为被更为鲜活、更为大众所能接受的物器所替代。当我把取消宅电的消息告诉朋友，朋友取笑我说：我们早就销号撤机了。

大礼拜天，我把电话机一个一个地收拾停当，把接入线也缠绕好，分别装进袋子，放在柜子里。我默默地向她们行注目礼：伙伴们，你们辛苦了那么多年，谢谢你们！我们还有谋面的那一天。当孙儿孙女懂事的时候，我会让他们见识见识你们，讲讲你们的光辉历史，讲讲你们的默默付出，讲讲你们认真工作，从不消极、不抱怨、不奢求的精神，当然我也要把这篇文章读给他们听……你们是经典的，也是永恒的。

第四辑　如约而至

读书五章

读书有乐

在东北老家的时候，喜欢躺在家里的火炕上，头枕着叠起的被褥，身子紧贴着温暖的火炕，捧上一本书读。心被书中的内容所吸引所感动，无边的遐想和情感弥散开来，沉入心底循环。母亲在一旁做着针线活，缝纫针走线交织的影子不时从我眼角的余光前划过。每当读到书中有趣的地方，我情不自禁地嘿嘿笑出声的时候，母亲都会停下缝纫，把衣针在她长长的黑发中擦上两下，就像理发师经常要在长长皮革上摩擦剃须刀一样。母亲常常会问我，有啥好笑的？我含着笑意回答说，书上写得太有趣了！

母亲没有上过学，不识字，所以对书中的内容从来都是抱着好奇。不就是纸上印上了一些字，怎么就让儿子读着就笑出声来呢，书太神奇了！

太阳光无遮无掩地从窗玻璃透进屋来，长长的光影把屋子分割成一明一暗的，像是浮现出一层空中楼阁。虽然我在读着书，但是感觉身子仿佛飘浮在光影中，浮出了窗口，再浮上了云端，变成了孙悟空，驾着祥云，沐浴着暖暖的阳光，那个惬意是无法用语言形容的。现在想来，那个时候，是那么的快乐和唯美。

冬天里，我喜欢躲到菜窖里读书。菜窖外面是皑皑的白雪，天寒地冻。菜窖里温暖如春，充盈着白菜、萝卜、土豆的清香，菜窖在深深的地里，静悄悄的，即使外面北风呼号，也无法把声音和寒冷传递进来。在菜窖里读书图的是一个字：静！因为家里房子小，左邻右舍来串门的多，唠嗑的，吸烟的，声音吵吵杂杂，让人无法安静下来，躲进菜窖里读书是我因地制宜的发现和无奈的选择。

秋天读书是最快乐的了。我喜欢上房顶读书。秋高气爽，我家喜欢把收获的庄稼，比如玉米棒子、高粱穗子晾晒在房顶上。登房上顶，是身手矫健的我易如反掌的项目。每当我把爸妈交给的活计干完，就靠在庄稼稞上，晒着太阳，呼吸着新鲜空气，进入读书状态了。读累了，揉揉眼睛，举目远眺，可以望得见几十里之外的逶迤起伏的小五台山。心里总想有机会去山里转转，可惜直到我离开家乡，也没有去过一次。当妈妈站在院子里高声喊吃饭的时候，我才从房顶顺着一根铁管溜下来。想想年轻就是好，身体像猫一样敏捷，爬上爬下，身轻如燕！不用练功，也可以做到飞檐走壁呢！

春种夏锄，是农忙的时候，空闲少。带上一本书，往往是在干活干累歇息的时候，躺在田头的坟包上或者田埂上，翻看几页，匆匆而就，充饥解渴似的，谈不到品味以及细致了，读书算是消解疲劳、提神解乏的按摩床了。

当然，那个时候，我还践行过恩格斯的读书方法，就是到闹市人多的地方读书。在熙熙攘攘的街上，捧上一本书，做到不被外界的纷纷攘攘分心，并且读有心得，确实不太容易。最初的尝试是失败的，因为除了人流车流不息之外，关键是人们说话的声音大了，吵吵闹闹的事也在发生。我觉得是不是恩格斯所说的街上与我们的街上有所不同呢，是不是西方人与我们东方人在行为举止上也有所不一样呢？但是这个值得深入研究的课题不是需要我面对和解决的，我要做的是能够继续读下去。在经历了初试二试三试之后，渐渐觉得自己能够把书读进去了，做到了心无旁骛。记得有一次读书读到精彩之处，自己不加控制地嘿嘿笑出声来，引来了路人的好奇和围观。有好心人关切问，孩子你怎么了。我回答说，没有什么，我在读书，你们不用担心我，忙你们的吧。

小时候读书的经历让我难以忘怀。读书不仅快乐了我的心灵，还锻炼了我的适应能力：在任何条件下，是书给了我智慧和处理问题的能力。

读书有时

走上工作岗位，有班上了，有工作要干了。读书与工作成了矛盾体。上班事务缠身，没有多少闲暇读书。下班后要忙家务，忙孩子，有时候还要忙未了的工作，十点以后洗漱睡觉，一天就过去了。双休日偶尔会有时间读书，但是还没有把读书的兴趣调动起来，就经常会被这事那事冲得七零八落的。

读书好，读书乐，读书喜，但是要保有时间去读才行，挤不出来时间，读书都是一句空话，何况现实社会上还有那么多的色彩缤纷的诱惑在对你翘首以待呢。

是的，有了八小时的工作，读书成了奢侈。但是，只要见缝插针地寻找读书的时间，是可以找得到的。想当初我学习电脑五笔录入法就是采用挤时间不断线地倒逼的方法学会的。

在办公桌抽屉里放上一本书，有空的时候就读读，当然如果有人来办公室还是不能让来人看见，因为上班时间读与工作无关的书会被人家说的。如果是乘车去某个地方开会或者是执行其他任务，就坐在司机后面的座位，翻上一本事先放在包里的书，读上几段，然后回味一下，琢磨琢磨，这样一来，既挤出时间来读书，又解了读书的饥渴，何乐而不为呢？如果是午饭后，可以趁着睡意没有浮上眼帘的当口，赶紧抓起手边的书，靠在座椅上，快餐式地读上几页，让办公室流淌轻盈的一目十行的氛围。如果是出差在外，行囊中是少不了一本书的，无论是在候车中、在运行的车厢里和飞行的飞机上，还是入住宾馆，或者是留步在等待的长椅上，是书的陪伴，让寂寞远走，让独处的世界绚丽，让孤独的行走不孤独。

闲暇在家的时候，喜欢坐在居室阳台的藤椅上，沐浴暖暖的阳光，手捧一本书，悠然自得地与书中跳跃的文字做思想的沟通，唇枪舌剑地跟书中的高论做无声的辩论，和书中的人物同呼吸、共命运……让自己的心脉与作者创造的意境相融相通，那是最为惬意的时候。

有一个情况，说出来不雅，但是为了文字表达的完整性，还是说说为好。这就是在早上（几十年如一日形成的生理习惯）到卫生间一坐的那个时间段里，我必须捧上一册书，虽然那个时间段比较短，但是架不住日积月累，成为习惯，完全可以用积沙成丘来形容一下。如今人们喜欢在这个时间段带上手机，但是我的习惯没有改变，依然故我。

其实我最喜欢节假日，尤其是春节。春节放假，周围的同事朋友多是走亲访友，吃喝玩乐。我是外地人，在南京没有可以走动的亲戚，大过节的与同事以及朋友互动又不合适。所以每年的春节假期就成了我读书的特别时段。春节前夕，我把平时买的大部头找出来。年初一吃完饺子，就开启了读书模式。比如，二月河写的“帝王系列”、肖洛霍夫的《静静的顿河》、雨果的《悲惨世界》、司汤达的《红与黑》等大部头都是利用春节假期读完的。在冬天里读书其实有一个好处，不犯困，大脑清醒，读书效率比较高。

读书有养

手捧一册书，静下心来，悄声地走进书的世界，是最为滋养身心的事。

我常对朋友说，能够静下心来读书，说明身体状况好；如果书读不进去，说明心不静，身体状况就不好。就像有人说练书法可以健身，唱歌可以活动心肺一样，读书同样可以起到健身强心的作用，也是养生之道。

读书需要心静。心静了，血液流淌就自然了，脉搏跳动和缓了，心脏舒张自如了，大脑细胞活跃了。在这种状态下读书，才能将书读进去。读进去了，才能真正领略到作者的真知灼见，进入作者的内心世界，与之共喜怒哀乐，翩翩共舞。

古人读书最为讲究，读书前，要焚香，要洗手，要几案明净，有的甚至要沐浴更衣呢！做了这么多的准备，目的就是读书。只有做到心身合一，才能学而有成。我们现在不用像古人那样去读书了，但是还是要秉承古人的读书精神，敬重读书。读书是件神圣的事情。只有带着这样的心情读书，才能够享受到应有的快乐，获得更多。

书是个只付出不索取的慷慨朋友。他不会因为你把他放在书柜里一两个月甚至一两年不翻看而抱怨或者自贬身价，而是默默无言地等候着他的真命天子的到来。所以无论你哪天翻开书，他都坦诚地毫无保留地付出全部。书是个充满智慧的智者。著书立说的人是应该得到尊重的。那么一大本书，几十万的文字量，从构思到写作，再到印刷成书，是要花费作者无数的心血才能铸就的智慧结晶。

读书，就是与作者对话，也是与智者交谈，使自己遨游大千世界，走进了历史，走进了科学，从而增长了知识，提高了素养，武装了头脑，甚至明确了前进方向，激励自己不断进步。书是个讲道理明、是非的朋友。走进他，你就可以听他平心静气地讲家常，讲恋情，讲友谊，讲故事，讲邂逅，讲风花雪月，讲金戈铁马，讲江南雨巷，讲北国雪夜……你与他没有隔膜感，掏心掏肺得就像遇到一位蓝颜知己那样，你给予理解，给予同情，给予点赞，同样，跳跃的文字也燃烧着你……

在现实生活中，酒喝多了，会伤身；饭吃多了，会伤胃；书无论读了多少，都是不伤身的，而是读得越多，越是得到滋养，养得人气质儒雅，见解犀利，知识渊博。

读书有方

在老家的时候，我喜欢去姨家送年货。姨家在长春市郊，离我家有上百里路呢。我每去一趟先要步行十公里路，再坐火车到长春后转汽车，下了汽车还要走长长的一段路才能到达姨家。去姨家每次都不是空手，而是要背上重重的粘豆包、干豆角类的土特产，虽然很累，但是我从来没有抱怨和拒绝过。每次只要母亲一说去姨家，我答应得相当爽快。爽快的原因，主要是姨家有书，我去了可以尽情地读书，有的时候表哥还让我把书带回来。一书在手，我就有了资本，就打通了与同学或是熟人互换借书的通道，呵呵，有书可读是少年时最快乐的事了。

我性格上有缺点——腼腆，不善于交际和表达，有时候心里想的，往往都窝着不说。处理的方式是顺其自然，如果遇上与自己的想法有悖的时候，总是先调整自己的聚焦，然后再随遇而安地接受。一般情况下从不主动去争取，即使是恋爱，也是被动的。遇上心仪的女孩，指望我追求，难。有一位一直喜欢我的女同学后来对我说，她嫁给她的老公就是因为被穷追猛打而被征服的。她的话我懂，也深深震动了我。我何时用过这一招呢！我从来没有过，性格决定命运，我的性格决定了恋爱的取向。是的，在与女人交往中，如果对方有一点点冰冷的意思，我都会逃得远远的。现在想想，我可能错过很多好机会呢。

去姨家，除了送年货，主要是想多读上几本书。可是我从来没有主动向表哥提出读书要求，如果向表哥提出了，表哥肯定能办得到的，表哥那个时候在他们那一带还是小有影响的。在姨家小住的几天里，赶上她家有什么书就读什么书，不挑三拣四的，有书在手就可以了，不去添麻烦。我在表哥家读到的最多的书，除了小说，就是医书了。因为表哥打小的时候腿上就患上了骨髓炎，大小医院看了无数，都没有能治好他的腿。医书药书成了他家的必备。姨母喜欢看小牌[①]，经常外出与牌友凑局子，表哥也有这事那事，跑东跑西的。家里往往就剩我一个人，能陪我的，只有书了。所以那些医书和药书不知道被我翻看了多少遍。开卷有益，小小年纪，我对身体构造、病症症状、用药常识，可以说是无师自通吧。虽然我喜欢看文学作品，但是医药学方面的书我也能读得有滋有味。那个年纪，只要是印在纸上带字的，我都可以兴趣盎然地读得十分开心和快乐。

当然，读医药书有一个缺点，喜欢对号入座，入座的结果是感觉自己这儿有病，那儿也有病，浑身不自在，可以用杯弓蛇影来形容当时的精神状态了。就像学习了语法修辞，常常会不知道如何写文章了一样，生怕写出的话都是病句，形式和内容完全脱节了。

随着读的书厚度的增加，知识积累得越发丰富，出主意，给亲朋好友提建议的胆气壮了，如果有谁质疑或者反驳，自己能据理力争，实在争不过时，会拿出杀手锏，说是某某书上说的，让争论瞬间取胜。

读书，会不自觉地让自己成为指导大师。比如，读了医学书，自己动不动就充当医学知识的普及者，或者是药剂师的角色。当然多数面对的是家人，如果谁哪不舒服了，或者是生了什么毛病，我是要发表建议

---

① 东北方言，指打扑克牌。

和提出对策的，比如去哪看病，看什么科，到哪家医院。更多的时候是提醒家人不要大惊小怪，谈病色变，我会把家里的常备药找出来告诉如何怎么服用就可以了！嘿嘿，按照我的指导，很多时候真的是药到病除，少跑了不少趟医院呢！时间一长，我成了家里的保健医生兼护士，谁生病了，吃什么药，少不了我的拍板。有一次我出差到外地，儿子生病了，她妈妈给他服药，他说什么也不肯，一再问爸爸知道吗？气得太太打电话向我告状。我赶紧在电话里对儿子说听妈妈的话不会出错的，妈妈让服用的药是按照爸爸说的做的。儿子这才放心。

如果同事身体有了不舒服的情况，我会酌情发表意见，告之症状隐含什么病症以及发展的趋势，并说明谁生了这病是怎么治疗的，谁没有当回事使病情加重了。很多时候当我说了意见后，同事都乐意听从，让我感受到被信任的温情在心里美美荡漾。

与同事相处其实是我们在实际生活中经常面对的，十分重要，与同事在一起的时间有时候比与家人相待的时间都长，那种相互之间的关心和照顾往往是发自内心的。所以谁有了困难，身体有了情况，出于朋友之谊，同事之情，给予力所能及的帮助是很自然的事情。人不是冷血动物！我觉得在姨家读的医药书籍以及后来自己购买并阅读这方面的书籍，使自己在医药知识方面有了一定的积累，所以在自身保健以及关爱家人和朋友同事这些方面有了第一时间的呼应，这都是读书读来的。

当然，我写下这些文字，不是鼓励大家自学成医不再去医院看病，而是说增长点医学知识是有百利而无一害的。如果真的生了病还是要去医院看的，遵医嘱服药才是。

读书不能当书呆子，要在理论与实践的结合上下功夫，做到知行合一。

读书有友

小时候，我们镇上有一个小小的少年群体，都是年龄与我相仿的半大小子，大家经常聚在一起海吹胡侃。如果放在现在用个文雅的词，可以称为文化沙龙了。我们那时没有沙龙概念，也没有沙龙应有的优雅的场地和环境。我们常常是不经意地聚集一起，或是靠在谁家朝阳的山墙根，或是坐在一个可以听到如鼓蛙声的水塘边，有的时候就站在尘土飞扬的马路旁。

话题不确定，可以是刚刚发生在眼前的事，可以是谁读了哪本书有了感悟，也可以是谁家来的亲戚朋友带来了外乡的新信息。没有指定谁是主持人，就像现在的公考面试采取的无领导小组讨论方式那样，大家你说几句他说几句，洋洋洒洒。话往往是越说越多，越说越长，越说越激烈、越激昂、越激动。这种谈论式的聚集，使大家在思想碰撞以及观点交锋中都获益匪浅。

当然我们的谈论并不总是心平气和的，我们经常会因某个事件或者是某个观点争得面红耳赤。记得一次争论起来后，大家明显分成了两派，从下午一直争论到月上柳梢头，晚饭都忘记吃了。争论归争论，过后大家依然是好朋友。每当我想起那些年的情景，真心地要说谢谢当年的小伙伴，正是我们都心地纯净、无拘无束地敞开心扉，让思想插上翅膀尽情自由飞翔，才使我们大家走上工作岗位之后对问题的看法以及处理，都有惊人之处，在工作岗位上也能头角峥嵘。

我是这个群体中的一员，在这个小小的少年群体中，大家是相知相惜的朋友。之所以大家能成为无话不说亲密无间的朋友，就是因为我们有共同的爱好——读书。是对读书的渴望，让我们走到了一起！

我们年少那个年代，镇上没有单独的书店，只有供销社有一节柜台卖书，一般情况下，柜台里无书可卖。要通过正常渠道读书是十分有限的。如果读，都是红宝书。那个时候我们的记忆力超级好，把红宝书背得滚瓜烂熟，做到活学活用。但是正处在读书如饥似渴的年龄且对世界十分好奇的我们，是想多读一些书的。

世界上的事，越有压力就越是有反弹力，办法总比困难多。大家你家一本，他家一本，有的家里没有书就想办法把亲朋好友家的书借来周转。大多数的时候拿到手的书常常是破烂不堪、缺头少尾的，书页柔软得像一块棉布。有的书相当古旧，巴掌大，纸薄得堪比秋蝉的羽翼，单层双页，竖开版的，繁体，字相当的小，颜色永远发黄，读起来十分费眼。

我们美好的读书生活就在交换之中你来我往地开始了。一开始是两三个人，后来知道的人多了，加入的人也是越来越多，自然而然，从书到友，我们形成了一个读友群。在这个群体里，都是男孩子，没有女生。那个年代，人们的思想观念里还带有一些陈腐的封建意识，男女授受不亲，我们这些小毛孩在读书问题上也是自然而然地与女生画了一道界线。

我只有一次向邻居家一位被称为二姐的女生借过书，也仅仅那么一次，让我领教了与女生打交道的不容易了。我是个知难而退的人，一般人家如果开口拒绝我，我不会再开口的。那天，我路过她家时，看到她在院子里看一本故事集，我一看到书，迈不动步了，站在她身后，她看一页我看一页。我读书速度快，读完了一页，就用余光扫她的眼神或者是使个小动作催她赶紧翻下一页。看了几页，二姐有点心不在焉了，对我说，小毛孩快回去吧，别影响我读书。我不肯走，央求她把书借给我。她不同意，但是架不住我软缠硬磨，而且用上了不借不走的杀手锏。她提了两个借书条件，让我答应：一是书书互换，让我拿书给她看；二是只借一个晚上。我连忙说没有问题。

回到家，我草草吃完饭，一目十行地读书。那是一本二百多页的书，整整一个晚上我没有合眼。第二天一大早，我把书读完了，让大妹把书还给她。她见是大妹来还书，很不高兴，说你哥真是烦人的家伙，借书像催命鬼一样，还书人影倒没了。大妹说我哥看了一个晚上的书，现在补觉呢！她说，你哥真傻，还真的读了一个晚上不睡觉！大妹说是的，我哥就是这样一个守约人，他怕耽误了还书，让我一早就来了。大妹回来把话学给我听，我一下子糊涂了，心里琢磨了好久也没有明白。她说我傻，啥意思。是不是我不用那么赶紧地连觉都不睡地读书，是不是可以宽裕地多读上几天呀，但是她说只给我一个晚上呀。另外，我可以失约吗？要点小赖行吗？如果她上门找来要书，我跟她藏猫猫？藏猫猫捉猫猫会产生故事吗？这样就不傻了吗？总之，在那个年龄段，我也无法解答这个问题。

上了中学，同学多了，朋友圈扩大了。虽然刚开始同学还不熟悉，但是很快爱好读书的同学自然而然走近了，形成一个交往的小圈子。这个圈子虽然是小众的，一个班上就那几个人而已，但是却形成了一个完整的读书链。爱读书的同学成了铁杆，每天上学见面都成为期盼。

如果说从拥有时间的角度来看，我们除了可以享受无拘无束成长的快乐之外，最为惬意的是拥有了大量的自己可以支配的时间来做自己喜欢的事情——读书。如果放在现在肯定不行，现在的学生压力多大呀，而我们却没有。我们不存在升学的压力，不存在排名的压力，不存在家长望子成龙的压力，心态是放飞的、放松的。时间充裕得不得了，可以肆意挥霍，就像永远取之不尽的清泉一样，毫不吝啬地冒着水泡泡；我们盼着自己长大，总嫌自己长得不够快不够大。现在想想，少年时是多么的天真！

读书，没有影响我们正常的课堂学习。那个时候，老师课堂讲的内容，很快就被我们消化掉了，老师布置的作业都是信手拈来的事，自习课变成了自由读书的时间了。学校是不允许学生读课外读物的，但是老师很少能抓住现行，同学们对付老师是有相当多的办法的。

现在刷手机，经常能看到十分唯美的同学聚会的视频。让人生出无限的感慨，最为真挚的、难得的、纯真的感情还是同学情。而在同学情中，兴趣相投、爱好相近的同学的情感又是永远带有温度的，同学是世界上最容易沟通和交往且很快能成为终生朋友的人！以书会友是同学之间建立亲近关系的快捷方式。书是有灵性的，书往往是同学间彼此走近的媒介，是情感的黏合剂。

工作后，被埋在工作堆里，聚焦点与青少年时期相比虽然发生了变化，但是有一点是有共性的，读书仍然是与人交往的桥梁。“腹有诗书气自华”，读书人只要一接触一搭话，彼此便拉近了距离，读书成了人与人交往的通行证。书是衡量一个人的品行、爱好、性格的标尺，貌似简单却能直通。书友往往是一拍即合的，免检的，不需要试探的，朋友间的联系、感情、相助也便是顺理成章的事。

过生日

八月三日，是我前些日子从万年历上查到的我的“洋”生日。

自从走到工作岗位，每逢填履历表类的东西，我总是在填出生年月时踌躇一会儿，我只知道自己的“土”生日——农历日，而不知公历日；每逢过生日，我也想像日历上经常标出的名人的诞辰一样，过“洋历”生日，但因为不知道，所以一年年同“洋”生日交臂而过，留下一丝遗憾。

以前，我一直依照母亲的习惯过农历生日。记得小时候，一进入农历六月，母亲就开始念叨我的生日，生怕忘了。十六那天，母亲从篓子里摸出两个鸡蛋，放在锅里煮熟。等到吃饭的时候，母亲把剥了皮的鸡蛋放在我的碗里，我毫不含糊地一口一个地把鸡蛋吃掉。我觉得这是我们家里最高的殊荣，因为只有我能享受到生日的快乐和特殊的吃食，三个妹妹从来没有享受过。大妹生性温和，从来不争；二妹三妹每每在我大嚼大咽生日鸡蛋的时候，不时地抱怨母亲从来不给她们过生日，以至于生日是哪一天都记不清楚了。

其实，母亲给我过生日仅此两个鸡蛋而已。因为农历六月正是北方农村缺粮断顿的时节，家里很贫苦，时常是“瓜菜代”。我吃生日鸡蛋算是奢侈了，因而引起妹妹们的“抗议”。

那时，我还是个孩子，尚不知人生的苦难，当我有了儿子，身为人父，这才真切地感到：一个人的生日乃是母亲受苦受难之日，是生与死搏斗之日。按理，在过生日这天，应该给母亲过，给母亲以祝福和快乐，把最好的食物孝敬给母亲，这才是人之常情。可是现在已经把这个搞颠倒了。给自己大办生日酒宴的越来越多，能想起母亲的却越来越少。

当我懂得这个道理的时候，当我有了工作过上好日子的时候，当我有能力以实际行动报答母爱的时候，母亲却不在了。呜呼哀哉，当一个人孝敬无门的时候，那空旷的失落感是多么折磨人哪！我的慈爱的母亲，你为啥去得那么急？

昨天，八月三日，我第一次过“洋”生日，当我坐在餐桌前，端起盛满啤酒的杯子，看着满桌的菜肴，忽然有一种怅然若失的感觉。过“洋”生日的经费远远超过了小时候的水平，可是我不开心！在过去的岁月里，有母亲为我过的土生日，有我独自一人过的寂寞生日，也有妻儿和我一起过的快乐生日，无论哪一次都没有离开过那一轮暑月，离不开往事的回忆和有趣的话题，虽然有的生日过得很简单，但是每一次精神收获甚丰。我的农历生日，一个个连接在一起，凝成一个个情结，令我回味无穷。

是啊，这个八月三日，虽然是我的公历生日，但是意义不大啦。我权且将它填入档案，而我，仍是遵从母亲留给我的习惯——过农历生日，不断从深层次的回忆中汲取营养和动力，谱写美好人生。

一瓶茅台酒

最早接触茅台酒是我在部队有了女朋友的时候。

我提干后，认识了女朋友，相恋得十分迅速和火热。正好就要到年跟前了，女朋友爸爸要从南京的部队回来探亲，想见见我。与女朋友父亲见面是件重要的事情，是决定着我和女朋友的恋情能否继续发展的大问题。我赶紧找了几个要好的战友商量。战友问我，你女朋友的老爸是哪里人？喜欢什么？我一五一十地说，女朋友父亲是我们友邻部队的团参谋长，东北人，比较爱喝酒。战友说，这事好办了，弄瓶茅台酒就可以解决一切问题了。

这许多年以来，我体会到，无论遇上任何问题，只要发挥群体的智慧和力量就没有解决不了的。战友把我的事当成头等大事，相互间一串联，就从师部小卖部搞到了一瓶茅台酒。我去拿酒的那天，小卖部的老乡战友对我说，茅台酒是内供的，相当紧俏，但是这瓶酒的瓶口包装纸漏气了，不能正常售出，问我，在意吗？我说能拿到已经感谢不尽，哪会挑三拣四的。我付了 8 元酒钱，首次拥有了一瓶茅台酒。

我捧着茅台酒，回团部大楼，上了4楼，从走廊走向我的办公室。由于瓶口的红色包装纸破了那么一点点的小口，酒的香气就把长长的走廊充盈满满了，说实话，那真叫香啊。酒的香味把政治处的战友从办公室里一下子引了出来，他们看到我手捧着一瓶茅台酒，簇拥着我进入办公室。他们问，这瓶茅台酒准备干什么用，我说了买酒的意图。战友们打趣说还是养个女儿好，会有人孝敬好酒啊。战友们七嘴八舌地说笑着，这个端起茅台酒瓶看上一遍，说从来没有见过茅台酒长成啥样呢，那个拿过酒瓶闻上几闻说，真叫一个香啊，茅台不愧为国宝！再有的把茅台酒举过头顶，说让这瓶酒给长胜添好运道，旗开得胜，抱得美人归！那个下午，我的办公室其乐融融，宛如开了一个小型的赏酒评酒会。大家虽然没有喝到一滴酒（应该说是闻了不少酒分子），却享受了茅台酒带来的快乐，那个动人的场景是战友的情谊浓浓营造的，更是茅台酒给我们增添了热情和豪气。将近四十年了，每每回想起来依然历历在目。

女朋友爸爸回来的那天，我带上这瓶瓶口包装漏了气的茅台酒拜见他。我一进门，他就闻到了酒香，一看是茅台，脸笑开了花，对我的询问以及其他的话都省了。嘿嘿，茅台酒让我免检了！女朋友妈妈把饭菜烧好后，她爸爸撕开包装，打开茅台酒瓶盖，斟上两盅，说家里人就不客气了，喝酒吧。我知道自己没有酒量，也不敢在初次见面的女朋友老爸面前喝酒，就双手把酒盅端给他，说您老喝个高兴喝个痛快就好。他接过酒杯，一饮而尽，连说好好好……喝了酒，她爸爸身上东北人的豪气充分体现出来了。

那天，她老爸喝得相当尽兴，讲了他抗美援朝的故事。女朋友后来对我说，茅台酒的威力真大呀，平时爸爸喝酒从来没有现在这个样子。她还说爸爸叮嘱妈妈说，这事就这么定了吧，我们大人就别烦孩子的事了。睡觉前他还把酒瓶子摸了看，看了摸，自言自语说，茅台真是好酒！

我和女朋友的恋爱关系敲定了，春节我请了探亲假，带上她回我的老家。家人看到我把这么美丽的团参谋长家的千金领回家，那个高兴劲儿是没办法用语言来形容的。傍晚，我的未婚妻亲自下厨露了一手厨艺，烧了几个好菜。爸爸从柜子里拿出一瓶德惠大曲，我的未婚妻走过来，让爸爸把酒收起来。她打开包包，拿出一瓶茅台酒，说，爸爸您喝茅台。哇噻，我说，你从哪儿弄的。她说，这是你送我爸的那瓶茅台，那天我爸只喝了一半，留下了半瓶，爸爸知道你要回家探亲，就让我带回来，给咱爸也尝尝茅台酒。我未来的老岳父，人看上去高大威猛粗犷，心原来也这般细致，柔情满满，亲情满满。我知足了。我的老爸，虽然喝过不少酒，也知道茅台酒，却从来没有品尝过茅台酒的滋味呢。我看到老爸接过酒的一刹那，激动得眼眶有些湿润了，我一下子抱住未婚妻的肩膀说，你太了不起了，这么心细，会体贴人，真是傅家的福气呢!

我给老爸的酒杯斟满茅台酒，也给自己斟上。与老爸碰杯，看着老爸把酒喝了一口之后，我也饮了一口。乖乖，这是酒吗?这哪能是酒呢，这完完全全是一条火龙，虽然是透明的液体，却燃烧着通过食道逶迤而下，仿佛要把整个身体洞穿。身子一下子鼓热起来，脸忽地红了，关公一样。在这之前我也喝过酒，但是茅台酒醇香浓郁的力道，远远超出我对酒的认知。父亲喝得特别开心，我也不停地给他添酒。在我的印象中，父亲是不怎么能喝酒的，酒量相当有限。在我们那个地方，当年喝的酒多是用玉米酿的玉米酒，火辣辣的，容易上头，难喝透顶。是的，父亲活了大半辈子也真的没有喝过什么好酒。

茅台酒，让我们爷俩在这样一个夜晚，坐在烧得热乎乎的炕上，品饮着国字号的美酒，是一次难得的享受。平时话不多的他，说了很多，他说他高兴源于当兵的儿子探亲回来了，见面毕竟胜过一切的思念；源于儿子提干了，进步了，满满的正能量，而且还带回知书达理的未婚妻，终身大事定了，该放心了；源于茅台酒的厚重有力，打造了一个让人能够伸手可以触及的快乐的福天福地。父亲那个晚上喝了多少我不知道，我知道我的脸通红，老爸的脸也通红；我大声说话，老爸也大声说话；我笑，老爸也笑。总之，我喝倒了。后来未婚妻对我说，其实你俩喝得不多，也就二三两的样子吧，瓶子里还剩下不少呢，但是你俩却都喝高了，喝高的表现太可爱了，哪像父子？活像一对兄弟，没大没小的。是的，人生何以解忧，唯有茅台！我感觉那个夜晚的场景相当唯美，相当悠长，相当浓厚。我感谢茅台酒，那个晚上是永生难忘的。

我知道老爸以后没有再动那瓶剩下的酒，他把酒密封好，收藏起来，谁也不让动。那以后，我回老家探亲，或者他来南京小住，我们虽然会对饮几杯，但是他从来不让我买高档酒，他说要有好的由头才能喝好酒，这样也是对得起好酒。酒是有灵魂的，是万万千千的粮食精华得天时地利人和酿出来的，要善待酒，不能糟蹋酒，更不能酗酒。老爸的话，我始终记在心上，在工作岗位上，无论多么大的应酬场面，我都是点到为止，绝不贪杯，更不会有酒后失德的事情发生。老爸病危那年，我回到他身边。他让我的弟弟把他珍藏的那瓶我们喝剩下的茅台酒拿出来，对我说，这小半瓶茅台酒，你带回去吧，留作纪念吧，不是爸爸不馋酒，而是不能喝这个酒，这酒太有意义了，我们任何时候别忘了初心。

如今我落笔写下这些文字的时候，我的情绪有些许激动和亢奋，我停止敲击键盘，走到贮物柜，捧起那瓶茅台酒，凝视着，抚摸着。岁月沧桑，将近四十年了，她还是笨拙的老样子，古朴的奶白色，看上去那么普通和简单，但是装的却永远是厚重、精华和人们的向往。我把酒瓶贴在我的脸上，心里轻轻地呼唤着，有魂有魄的茅台酒，让我感知曾经喝过这瓶酒的我的亲人吧。

我与酒的缘分

一

最早对酒的了解是从《水浒传》里，我对那些英雄豪杰大碗喝酒、大碗吃肉的豪迈气概相当欣赏，以为这才是英雄本色。

参军告别家乡前夕，村干部为我们四个即将入伍的新兵送行。坐在村委会热烘烘的火炕上，受宠若惊地接受村干部激昂的劝酒词，嚼咽着平时很少品尝的大鱼大肉，恍惚中觉得自己已经可以像水浒英雄一样开始意气风发的人生了。酒，一杯接一杯地干；菜，大口大口地吃。有敬有还，相互平等。凭生第一次与酒亲密接触，以为白酒不过是标了度数的白水，红酒不过是加了酒精和颜色的果汁，不知者不惧！我以火热的激情、虔诚的态度亲密接触了酒，把白酒红酒亲热了个遍。记不清喝了多少酒，也记不清怎么回的家，更记不清家人看见我的模样是如何惊诧的了。现在想想，真是谢天也谢地，喝高了却没有跌进路旁的雪堆里，去寻找卖火柴的小女孩！

浑身通红，从手指尖红到脚指尖，这是我喝酒永远不变的标志。酒在胃里翻江倒海地燃烧，一波接一波地把食物推出胃囊，最后推出的是苦苦的胆汁。当自己恨不能把胃扒开，把燃烧的酒统统倒个干净的时候，这才知道酒是不能小瞧的。

那年“八一”建军节，我去看望战友。一进门，见他与一战友喝酒。约上不如撞上，坐下来喝酒是不当之请了。我毫不推辞地咕噜咕噜一口气喝了一军用茶缸啤酒。小坐片刻，感觉头重脚轻，赶紧告别。走出大楼没多远，腿突然一软，身子旗杆似的，直直地一点点控制力都使不上地摔倒了。军装沾上了泥土，胳膊肘跌得生疼。几个军人围过来，关切地问，怎么回事？我爬起来说，喝了点酒，没事的。

想想汗颜，一茶缸啤酒把我打倒在地了！

酒的厉害我是深深领教了，由此而害怕饮酒。可是，现实生活中，不饮酒是办不到的。有关酒的顺口溜相当生动和有说服力：感情深，一口闷，感情浅，舔一舔；酒是粮食精，越喝越年轻……酒，在我们这个社会上无处不在。朋友聚会，同学相逢，工作应酬，领导考察，供销宴请，庆功酒会，会议招待，亲人同庆，家人团聚，哪种场合能少了酒？酒是快乐的细胞，酒是润滑剂，酒是炸药包，酒是凝聚力，酒是品性检验仪，酒是传统文化……一下肚，话越说越多了，沟通顺畅了，感情拉近了，事情好办了，快乐气氛营造起来了。

我虽然酒量小，却十分喜欢酒。喝多不胜，喝少不败。其实，哪次喝多了，一定是禁不住别人的劝饮，禁不住自己硬撑面子当了回英雄，禁不住又为东北人争了一次光。如果别人不劝、不激、不拼，自己是不会喝醉的。我喜欢酒在自己的掌控之下，享受那种慢酙细饮、丝丝如缕的过程。

有一年回家探亲，战友送了两瓶“桂林三花酒”让我带上。盘腿坐在家里的火炕上，与离别日久的亲爱的老爸一起品酒。我突然感觉，酒可以把尊卑辈分一下子抹平，跟老爸一举起酒杯，就像兄弟一样亲近无忌。吃的是普通得不能再普通的家乡土菜——炒干豆腐、酸菜炖粉条、炒鸡蛋，这酒入胃怎么不再可怕，忽然变得那么香呢？那个香是醇厚的香，有些飘逸，不仅齿痕溢香，而且一呼一吸中都弥漫着幽幽的香。我知道酒不纯粹是辣，也有着通透柔顺的香。当然，这香不是随随便便能够拥有的，只有天时地利人和的时候才会逶迤而至。我所拥有的这一次酒香，是家乡给予的，更是与老爸融融的亲情给予的，当然也是桂林三花这可以用“美”字来形容的酒给予的。酒香伴着心香而洋溢，伴着融融亲情而释放。说实话，这个香深深地刻在了我的心髓里，永生难忘。从那以后，再喝什么样的酒都喝不出那个感觉了。

二

我知道酒是有灵性的饮品，它深藏水中，不露痕迹，却是仙性与魔幻的孪生体。喝尽兴是仙，喝高了是魔。在酒桌上，我敬酒从来都是点到为止，人家能喝多少是多少，绝不用强，绝对不与别人拼酒。酒量因人而异，喝多了伤身体。

有人说，在家不喝酒。我恰恰相反，喜欢在家里饮酒。在家饮酒，没有人跟你拼杯，也没有人硬劝，自我掌控，自由自在，饮到适量为止。当然，在家喝酒是有条件的，是喝自己泡制的补酒。有时候，外出旅游，在风景名胜景点禁不住诱惑，常常会买上一些当地的滋补品，如枸杞、人参、鹿茸、灵芝、黄精……用高度白酒，将补品泡在一只大坛子里。泡制的酒，颜色变得橙黄或者橙红，酒液入杯黏稠，带有丝丝的甜、醇醇的香，喝到胃里暖呼呼的，尤其是冬天小饮，像是喝了一轮太阳。

三

前不久，我去厦门开会。在一家专卖店，看到“金门三宝”的招牌，一问才知道，“金门三宝”是指“金门高粱酒”“贡糖”“菜刀”。店老板向我介绍说，“金门高粱酒”是20世纪50年代初，金门岛守军司令胡链为了提升守军士气，督军酿制的白酒。这酒采用金门特产旱地高粱为原料，引用当地水质甘甜的宝月泉泉水，加上当地的特殊海洋性自然环境与气候条件酿制而出。口感奇佳，醇正清香，柔顺净爽，余韵悠长，可与茅台、五粮液相媲美。我被店老板的介绍所打动，买了两瓶58度金门“白金龙”高粱酒。

回到南京，有一天晚上，我将“金门高粱酒”启封，倒出一小盅，呷了一口。立即感到一条火龙从口腔顺着食道直入胃囊。乖乖，酒的火力真猛啊！我这个不胜酒力的人无法招架。我找来一只坛子，放入枸杞和人参，将酒全倒了进去。心想，好酒与滋补品的结合，一定会产生一加一大于二的功效。一次，一位好友来家，看到酒柜里的“金门高粱酒”，问，有好酒还不拿出来品尝品尝。我抱歉说，这是空瓶了，酒已经被我泡滋补品了，如果不介意，可以一饮品尝。

我搬出酒坛子，只见泡制的“金门高粱酒”，颜色红澄澄的，剔透通亮，格外诱人。揭开坛子盖，一股浓浓的酒香扑鼻而来。好酒好酒，好友连连夸赞。我说好酒不贪杯，你大盅我小盅。菜端上来了，酒喝了起来。我感觉格外开心，这酒经这么一泡味道特别好。首先是冲劲小了，力道变得柔绵悠长。其次从饮用角度看，对肠胃不刺激，又不失白酒醇香特色。好友饮完了大盅，醉眼蒙眬地问，再来一盅吧。我击了一下他的掌心说，好酒不能多饮，饮多惹祸。看在喜欢的分儿上，再给你添上。

酒是好东西，泡什么会将什么味道融进来，而且不失酒的真味。我过去泡酒，一般是选用七八元一斤低廉的白酒。喝的不是酒的快乐，而是补品的快乐。这次用高档的“金门高粱酒”，泡出来的酒，套用一句广告词：味道好极了！

酒喝没了。在南京四处寻找买“金门高粱酒”，却一时无法如愿。

人很怪，不尝不想，一旦尝了鲜，就会耿耿于怀，念念不忘。这个想那个念，像春蚕吐丝一样越吐越多，越缠越紧，始终不能释怀。

第五辑　与猫结缘

我爱猫咪

在我这个年纪，谈喜爱小猫咪这个话题，有些让人不可思议。猫咪，那是小学生作文常选的题目，是小女子抱在怀里的百般怜爱的宠物，哪有大男人拎起这个题目做文章的呢？那天，在一家餐馆用餐，当一只白色的小猫迈着模特步走进我的视线，停在我的脚边时；当她抬起脸，用那双好看的蓝色的圆圆的眼睛与我柔情相对时，一种相识的感觉从心底油然而生，记忆的久违之门被这个小东西轻轻撞开，年少时纯真无邪与小猫共处的生活像幻灯片，一叠一叠浮现出来。

小时候，在我的东北老家，人们住的多是土坯垒的房子。秋后分下来的粮食都屯在家里，由于是土坯房，老鼠容易打洞，一般人家养猫主要是防鼠。我母亲喜欢养动物，鸡、鸭、鹅、猪、羊、狗、猫都曾在我家落户，成为家庭成员。这些动物中我尤其喜爱猫，不仅仅是因为猫好玩，而且是因为猫的灵性、干净、高贵，给我留下好感。猫是我少年时的好伙伴。

从我记事时起，我家就养猫。把小猫养成了大猫，大猫养成了老猫。

猫始终是我家的固定成员，走了一只，接着再养一只，几乎没有断过。在我家生活过的猫，毛色有虎皮色、黑色、灰色、花色，那些小猫在我的印象中都很漂亮，谁看谁爱。母猫，温顺、恬静，平时都是待在家里不大出去。只有在春夜的时候，她会窜到院子外叫春。叫声像谁家婴儿的啼哭声，可怜巴巴的，真让人想用奶嘴把她那饿了的小嘴堵上。公猫就不同啦，整天不着家，东家走，西家窜，只有饿了才能见到他的身影。饿了的他表现得柔顺，在你的面前走来走去，不时地跳上桌子，用他毛绒绒的身子蹭你的下巴，意思是他饿，要吃东西啦。

猫是我家的成员，家里人都喜欢猫。有一次我家的毛色漂亮的虎皮猫几天没着家，我们都急啦。父母亲和我还有大妹，敲着猫的餐碗，从镇子东头走到镇子西头，叫着猫的名字，喊着平时唤猫的声音，见到人就问见到我家的猫了没有。猫始终没有找到，我们一家人好是伤心。因为这只猫毛色太漂亮了，大概被人给害了，取走了毛皮。自古美人多薄命，漂亮的猫也不例外。

人们常说，狗是忠臣，猫是奸臣，意思是说猫嫌贫爱富，对主人不够忠诚，我从不这么以为。猫是聪明的动物，是能够感知主人情绪的宠物，是知情知暖守义守信的小使者。那年，我的一个亲戚到我家，说起他家鼠害成灾，向我母亲说起要我家的猫。母亲是个爽快无私的人，应允了。亲戚把小猫咪咪装进筐里，还给咪咪的眼睛蒙上黑布，意思是不让她再回来。我好喜爱咪咪，心里舍不得。但是母亲做主的事，我们做儿女的即使是心里不愿意也从不说二话。咪咪在我们依恋不舍的目光中被抱走了，心里顿时空掉了。小小的年纪就体验了离别和舍去的滋味，无奈和惆怅萦绕纯情的心。

在思念咪咪中，在念叨咪咪的名字中，在偶尔埋怨母亲的话语中，一天的晚上，我听到门外喵喵的叫声，好是兴奋，那是小猫咪咪的叫声。推开门，就见咪咪兴奋地抖抖身子，边叫着边蹦进我的怀里。那个亲热劲，着实让人感动。母亲说今后再也不把猫送给别人啦。远隔五六公里，她竟能找到回家的路。猫啊，你真是一个小精灵，让我永爱的小精灵。

猫长了一副小巧娇媚、不堪重负的模样，却是十分顾家。记得有一年的冬天，半夜的时候，父亲听到猫扒门的声音，下炕去开门，只见大黑猫用嘴拖着一大块比他的身体还重的冻猪肉回来。父亲描述说，大黑一进门的得意神态，仿佛是说我在外面吃饱了，还带了一块回来。谁说猫儿不如狗？那个时候猪肉好金贵呀！第二天我们把肉煮了，让大黑美美地饱餐了一顿，我们一家人都跟着沾了光。

猫十分忠于职守。我经常在我家的粮仓里看见猫，神情专注地盯着角落。我心疼她，每次都把她抱回屋里暖暖。猫似乎懂事，在我不注意的时候，溜走啦。我知道她又回到粮仓里执守着她的职责。

猫长得温柔可爱，与人是最为亲近的动物。人们愿意搂着猫睡觉，因为猫干净卫生，妩媚柔顺，善解人意，没有谁愿意搂着鸡、鸭、鹅、猪睡觉。记得我在家的时候，是独自一人睡在里屋的。小猫常常在我把被窝捂暖了的时候钻进被窝，柔绒绒的身子，柔暖暖的绒毛，伸展开的娇小的身子紧贴胸前，那种感觉，真是让人舒适和畅快。小猫发出均匀响亮的鼾声，多少个北方的寒冷冬夜，是小猫用她暖暖的身子伴我沉沉地沉入梦乡。

想着猫的睡姿，看着猫走路典雅高贵的万千仪态，让你能感到猫是那么的无忧无虑，那么的自由自在，那么的我行我素，那么的天娇帝爱，多么让人羡慕让人怜爱呀！

家富招猫

我喜爱猫。写过《我爱猫咪》的文章，将我喜爱猫的情感作了真实的记录。前不久，到北京出差，看望二十多年没有见面的同学加战友景森，切身感受到了他和家人喜爱猫的程度以及与猫结下的恋恋情愫，勾起我无尽的思绪。

那天傍晚时分，景森开车到亚运花园来接我。先是到他家坐坐。景森家是两间朝南、一间面北、中间一厅格局的住宅。厅有十几个平方米，电视、音响、沙发、装饰橱把客厅挤得满满的。坐下来，边饮茶，吃水果，边与景森和他太太聊着往事、今事、明事。

忽然，一只大白猫走进客厅，毫不陌生地跳到我的身边，用毛绒绒的身子在我的外衣上蹭了几蹭，然后像个乖乖宝似的小恋人一样倦卧在我的怀里。这是一只纯种波斯猫，白白的皮毛，蓝蓝的眼睛，华贵的神态，优美的曲线，着实让我喜欢！说来真怪，猫不往景森和他太太身上卧坐，偏偏青睐我这个陌生的客人，是猫咪于冥冥之中知晓我喜欢猫，还是知晓我与猫有着特殊的、看不见的却暗暗有着某种契合的神秘气息？总之，这世上有很多事是永远让人无法解释和破译的!

景森太太怕猫毛粘得我一身，令我不快，便驱赶猫咪。猫咪不理睬他的主人，卧在我的怀里不动弹。我说，没关系，我喜爱猫，前不久我还写过喜欢猫的文章呢。

猫咪娇小柔软的身子紧贴在我的怀里，他的体热一波波地传导到我的身上，让我那久违的熟悉的感觉渐渐浮上了心头，我禁不住用手轻轻抚摸着猫咪，把我对猫的那份始终不渝的喜爱回馈给他。猫咪安恰地发着低低的好听的友好的呼噜声，向我表达他的诚意，我知道这是猫的待客之道。

景森太太看我喜欢猫，就打开北屋的门，朝里面唤了一声。当即从里面又走出一只比卧在我怀里的猫还要大还要漂亮的波斯猫。他的毛更柔白，体态更娇健，眼睛更蔚蓝，神态更高贵。八斤为猫，九斤为狸。这只大波斯猫我猜足有十斤以上，堪称猫王！在他的后面还跟着两只跟他一样有气质的猫咪。景森太太指着那两只猫说，身段柔美的是猫王的爱配，另一只是他们的孩子。

哈哈，这是和美的一家亲!

猫王的出现，惊扰了我怀里的猫咪，他跳了下去，直奔猫王而去。两只猫一打照面，胡须直竖，发出尖烈的咆叫，一场厮拼近在眼前。景森太太赶紧把他们分开，把猫王一家重新关在了北屋。

景森太太说，猫王一家三口与他们一直生活在一起，其乐融融，其情深深。她说猫通人性，听得懂主人的话。比如他要到外面去，就会扒拉主人的手，求主人开门放他出去；如果有什么情况，主人不想让他出去，就告诉他不行，他会老老实实地服从，不再恳求。更为神奇的是，猫王时常对着景森太太发出“妈妈”的呼唤声，唤得景森太太心里甜甜的。猫像是她亲生的孩子一样，是家里不可缺少的成员。

卧在我怀里的这只猫咪，是自己找上门来的野猫。那是一天晚上，景森听到凉台有动静，打开门一看，见是一只猫。猫咪看见景森，不但没有像有些看见生人立即跑开逃走的猫那样，反而扬起小脸，可怜巴巴地朝景森发出“喵喵”的低吟的哀求声。景森是懂猫的人，猫咪虽然身上脏稀稀的，邋邋遢遢，但是一看就知道这是只家养的纯种波斯猫。猫咪肚子鼓鼓的，看上去是怀了猫崽。那副狼狈的落魄样子，让景森看着心生可怜。景森没有犹豫，敞开凉台门，放猫咪进了屋。过了一些日子，猫咪产下了五只小猫崽。这一下，他家三间房子，有两间被猫占领了。猫成了他家最多的成员。现在景森和太太不能同时外出，因为家里不能离人。猫的生活成了他家的主旋律了。

景森和我从小住在一个镇上，一起上小学、中学，一块参军入伍。三个月的新兵集训结束后，他被选送到基建工程兵兵部。这一去，他与我们一块入伍的二百多名家乡弟子天各一方。他在北京，我们在辽阳。

景森打小失去双亲，是哥嫂把他抚养大的。小时候，他和侄子在一个班上学。他长得胖乎乎的，侄子长得瘦精精的。两人一块上学回家，不知内情的人总以为他俩是亲兄弟。这种特殊的生活经历，使景森十分重情守信，他在同学中是公认的率直忠厚，和善热情，容易相处。养成这么好的性情，我觉得是因为他的哥嫂给了他一个幸福美满的生活，使他的成长中充满爱心和阳光，也使他知道感恩和重情守义。

北京是伟大的首都，是人们十分向往的地方。同学、战友知道他在北京，到北京找他的人很多。景森在部队当战士时，拿的就是那么十几块钱的津贴费，提干后也就领那么几十块钱的工资，谈不上有多强经济实力，但是他对同学和战友，无论谁来京，只要与他联系，他都热忱接待，有求必应。每次我回家探亲，与同学、战友见面后，经常听到大家提起景森，说他的近况。他的情况我多是从同学、战友的口中听来的。我知道，能经常被人提起，才是最珍贵的友情的回报，说明他在大家心目中有位置，给人留下了美好的印象。说实话，我与景森直接联系不多，但是我们是那种不用经常联系，而是用内心体味和感知的朋友，是能够持久保持着醇厚友情的同学加战友。无论任何时候，只要开启我们的话语通道，都会嗅到发自内心深处的醉人的真诚情感的醇香。

记得是1978年年底，团部把我从战士提干为政治处秘书。我从南京回辽阳履职。因为从小就向往北京，在回团部的途中，我绕了个弯，拐到了景森那里。景森安排我与他住在一起，陪我参观天安门、故宫、北海等景点。我记得景森请我在一家东北风味的饺子馆里吃饺子。我们都是北方人，对“好吃不如饺子”的俗语体会得最深情也最亲切。说实话，我由衷地佩服他，虽说吃的是简简单单的饺子，但是这其中蕴含着景森为人的真挚和友善以及考虑事情的周到。我们那一批吉林兵，提干的不多，景森是其中一个。那以后，他来辽阳时我们匆匆见过一面，从那以后一别就是二十多年。

我随景森还有他的太太来到离他家不远的一家酒馆里。景森在点不少菜之后又点了一只烤鸭。我说，烤鸭不要点了，我们吃不掉的。他说没关系，我们有帮吃主力军，家里有九只猫等着呢！他还说，现在无论是在外面还是回家自己做着吃，随时都要考虑到猫的一家老小，猫是家里一部分了。

吃完饭，我随景森又回家坐。猫咪见我们回来，不认生地大模大样地跳到我的怀里。当我惬意地感知猫咪娇柔的亲情时，忽然感到，景森养猫是出于喜爱，而收留已是额外负担的猫咪即是他对弱小生命珍惜的体现，又是他从小受哥嫂抚养之恩而贮留的善爱之心在悠长岁月中得以慢慢释放的结果。猫咪选择了景森家作为落脚之处，是不是在被驱赶了多次之后，在冥冥之中的误打误撞呢？不管怎么说，猫咪遇上了景森，就像我们常挂在嘴上说的，遇上了贵人。景森是猫咪的贵人！

人们常说，富招猫。景森家招猫，不仅来了一个，而且招来了一窝二窝三窝……这是何等富有？我觉得这个富有，不是说家庭富贵而招惹了馋猫的意思，而是说这个家庭富有友善的情感、融融的爱心，这个富，是我们人间最为可贵的。

离开景森家时，他太太见我也是爱猫人，提出让我抱一对小猫咪回南京。景森对我说，我知道你是个重情的人，一旦领养了猫，猫就成为你生命的一部分，你就再也丢不下他们了。说实话，这些年我和太太都没有一块出去旅行过，因为放不下家里的猫咪。

是的，景森说的是大实话。我没有带猫咪回南京，但是心里却被猫装得满满的。

猫咪的爱情

一

这之前写过两篇有关猫咪的文章。虽然写了猫咪，但是都属于怀念类的，缺乏近距离对猫咪的观察，总觉得留有丝丝遗憾。2006 年我搬了新家，拥有了一个五十多平方米的露台，除了种种花养养草，静谧是静谧了，但是少了活泛的气息。一天，太太与朋友在小区里散步，发现几个孩子正抓着一只黑猫崽弄到水沟里浸水，猫崽被蹂躏得气息奄奄。太太与朋友看着小黑猫崽怪可怜的，便把孩子们驱走，把黑猫崽解救下来。朋友说你家有大大的露台，可以养猫咪呀。是的，这是一条小生命，如果没人收养他，他可能会被小孩子再次抓住玩耍，那小命可能就没了。

就这样，小黑猫进了我们傅家门。

二

小黑猫，身子是黑的，前胸脯到下颚和四只小爪子是白色的，身子小小的瘦瘦的，走路歪歪斜斜的。叫的声音嘶嘶哑哑，不连贯，也不好听，一副有气无力样子，让我怀疑能否把他养活。

他刚进家里的时候，对什么都警惕，一副怯生生的样子。给他拌的菜饭，他闻了闻，一口不吃。给他盛的水，闻了闻，不喝。躲在角落里，瞪大圆圆的眼睛看着你，不肯出来。

太太把冰箱里的虾子放入微波炉烤了两只给他，他闻香而动，进食了。呵，他是个馋家伙，狼吞虎咽地把虾子吃了个干净。

三

猫咪一天一个样。

嘿嘿，养个小宠物乐趣无穷。

冰箱里冻存的三文鱼、带鱼、鲫鱼、虾子，都拿出来孝敬猫咪了。太太去超市买菜，总要买虾子和鱼，这成了家庭必备食物了。

猫咪的待遇越来越高，超过了我们日常的生活水准，谁让他是宠物呢。

猫咪进食越来越多，身体一天天地壮实起来。抚摸他的时候，他能够挺住身架，有一种支撑力从猫身传到手上。从开始的小跑小跳，到逐步登高跳远；从哑哑断续的低鸣，到声音日益响亮，猫咪越来越活力十足了。

传说猫有九命，是最能经得起磨难的家伙。我的猫咪，果然是猫坚强！

一天，我到露台上，找不见猫。邻居家的孩子说猫咪跳进了他家的院子，他把猫咪送了过来。瘦瘦弱弱的猫咪，怎么跳过了矮墙呢？晚上，我和邻居小沈站在露台闲聊，看见猫咪跳上靠近矮墙的大花盆，从种在花盆里的树枝中间爬上去，登上了矮墙，撒欢似的奔跑起来，像是故意演义他跳到邻居家的英雄壮举呢。

四

早晨给猫咪喂食是一天中最为快乐的事。

早上，我一走上露台，就见猫咪守在大门边了。门还没有拉开，他就开始对着我喵喵地叫个不停。当门被拉开，他就掉头向猫食碗跑去，看我没有跟上，他又跑回来。在折返的奔跑中，时常绊在我的脚上跌倒。然后赶紧爬起来，继续快速向食碗跑去。那情景真是让人心醉，像婴儿要吃母奶一样火急火燎。当把拌好的猫食放在猫碗里的时候，他那不管不顾地大口大口吞吃的样子，让人想到生命的可贵！

五

过去的双休日，一般都是睡懒觉。自从有了猫咪，我和太太的懒觉取消了，因为睡不踏实了。早晨在床上蒙眬之际，总感觉猫咪喵喵叫了。我一般是赶紧起床，给猫咪喂食。看到猫咪热情的迎接，马上就精神百倍，从来没有因为少睡一会儿而感觉缺少了什么。猫咪改变了我们的生活，给生活增添了乐趣。

猫咪与家人越来越亲近了。无论谁走上露台，他都会喵喵叫着来迎接。每每抚摸他，他都发出友好的呼噜声音配合。如果谁蹲下，他就在胯下钻来钻去，用毛绒绒的背脊蹭你的大腿，痒痒的，好受极了。

六

猫咪是通人性的。我逗他玩，他会张开嘴把手指含住，不下口咬；有时候会舞动小爪子来抓我的手，我让他抓住，他能把力道掌控得相当好，小爪子一抓一放的，从来没有抓伤过我。当然，有时候他跳得高，抓得急，我会躲开，怕这个小家伙用力过猛，抓伤了我。

七

一场暴雨倾盆而下。露台的下水孔口被堵住了，积水很深。

我撑上雨伞，来到露台清理积水。看见猫咪浑身淋得湿漉漉的躲在一个小小的通风口里。他看见我，可怜巴巴地喵喵叫着。我赶紧把下水口处理好，把猫咪抱进屋，找来干布，给他擦拭身上的雨水。猫咪懂事了呢，扭动身子配合着擦拭，并且用舌头舔着自己小小的身子。

猫咪被淋得湿透，毛紧贴在身上，肚子显得圆滚滚的！我问太太，猫咪的肚子这么大，是不是给猫咪喂食太多了。她说，猫越来越能吃了，看到我们就喵喵叫，要吃的。我说，不能喂得太饱，如果把猫咪喂成了肥崽，会生富贵病的。猫咪还是苗条些好！

八

猫咪是个聪明的动物。我偷偷观察他，如果没有人在他身边，他会老老实实地躲起来睡觉。如果看到主人来了，会十分活跃地开始他的表现了。

露台上的小东西都成为他的玩具。小树枝不起眼，在他的手上，被玩得有滋有味。他左抓一把，右抓一下，树枝会摆动不停，他就抓个不停，好像树枝是他手上的小老鼠。

我在晒衣架上拴了个绳子，离地面有二十厘米高。猫咪喜欢玩绳子。绳子动，他就抓，他一抓，绳子就一动。有时候他用两只小爪子牢牢地抓住绳子，力图让绳子固定不动。绳子才不听话呢，忽悠一下，把他甩开。他又会冲上去，继续玩着征服绳子的游戏。

我把网球用弹力绳拴上，挂在晒衣架上。猫咪也喜欢玩球。把球抓在怀里，用牙轻咬。球一动，会随着弹力绳的收缩弹起来，猫咪拼命地伸出爪子左搔右挠。球荡来荡去，他就随着球荡的幅度扑来扑去。扑球可能是相当费体力的游戏了，几十个来回，他就不动了，四仰八叉地躺在球的下面，瞪大圆圆的眼睛，看着球，不做任何动作了。

九

仲秋的一个晚上，我与太太在小区散步。遇上一只黄猫，她对着我们主动喵喵叫，样子十分可怜。靠近她，她不但不逃跑，反而反常地走近我们（猫咪一般见到生人是会躲开的）。她走路趔趄，眼神柔和带着企求。

这是一只生病的母猫。太太与我商量，家里收养的黑猫有些孤独，把她收养了吧，正好配成一个猫家。我觉得可行，就抱着黄猫回家了。

来家后，她一直拉稀，几乎是憋不住屎。走哪拉哪，多亏她住在我家露台，可以随时清理她拉的屎。我给她喂了几天的诺氟杀星，仍止不住她的病状。我骑上自行车，送她到宠物医院。医生说她是吃了不干净的东西，肚子里生了虫子。给她喂了打虫药，她止住了拉稀。慢慢地，黄猫的身体恢复正常了。

十

有了两只猫，要起个名，免得分不清谁是谁。我起名的原则是，就像好文章是读给别人听的，朗朗上口才能让听者入耳入心。所以我在写文章时尽最大可能使用口语，一般对费解词语都绕着走，除非迫不得已。我给黑猫咪起了小名“老黑”，当然也给起了个雅致的学名叫“踏雪”（“老黑”四只脚是白色的，就像踏在雪里一样）。另外还想给他起个名字叫“大绅士”，完全是冲着他的黑中带白的外表（他的下巴到前胸脯是白色的，像是一名绅士穿着华美的黑西装，里面穿着白衬衫，系着一个领结）。有时候，晚上我们在露台上找不到他，会仔细从黑暗中辨别一点点白色的地方，那肯定是“老黑”了。后来怕用名太多，容易混淆，“大绅士”和“踏雪”就暂时不用了。看看，我们给“老黑”起了个多么有文化意蕴的名字！其实这个名字只是写在文章里，我们都知道老黑不会背起书包上学堂，派出所也不会给他上户口，所以起“踏雪”“大绅士”这个大名和学名，只是我们多找一个乐子而已。平时我们从不喊他的学名，我们习惯“老黑，老黑”地叫了。“老黑”也习惯了我们对他这么亲昵的称呼。

黄猫咪，我认为她是纯种猫咪（我不是猫咪专家，也没有请专家考证，完全是凭直觉做出的判断，是一己之言）。如果用现代给美女打分的标准，她能在95分以上。她的脸小小的，精致，俏丽。眼神柔和，温顺。身上找不到一根杂毛，金黄色的，花纹清晰，像一只小版的精致小老虎。虽然她长了一身虎皮，却没有老虎的性情。她的性格像她的眼神一样温存。她不像老黑，动不动就攻击人，我家三个人都被老黑抓伤咬伤过。黄猫咪从来不攻击人，我们也从来没有被她抓伤过，更不用说咬伤过了。我给黄猫咪起了个小名叫“大黄”，学名叫“赛虎”。当然我们喊她“大黄”，她也慢慢听得懂了。

十一

每天早上，当我来到阳光房，总会看到两只猫咪准时地守在门口，两双大大的圆圆的眼睛带着无限渴求地望着你。能够给予并且是对方渴望得到的给予是人生幸福的事！我快乐，因为我每天给予猫咪们美食，而猫咪回馈我他们吃喝玩乐的快乐！

拉开门，最先迎上来的是大黄，紧随其后是老黑。大黄是母猫的缘故吧，她对主人表现得十分主动和温柔，喵喵的叫声也柔和醉人。她会紧紧跟着我，在我的身前身后绕来绕去地跑，在腿上蹭来蹭去，并且喵喵叫个不停。叫的声音像是一曲十分动人的音乐，与早上的新鲜空气融合一起，给人以神清气爽，悦耳心宁的感觉，有猫的生活真好！

每次上了露台，我都配合猫咪喵叫声，她喵叫一声，我回应一声。一声猫话，一声人语，此起彼伏，奏响一曲自然和谐的乐章。

老黑表现出纯爷们的气概，他极少喵喵叫，总是摆出一副高冷爱答不理的模样，从来不恳求我们。

十二

给猫咪喂食是一种难以言状的乐趣和享受，也成了每天必修课。

每当把饭菜放在猫食碗里，两只猫咪便狼吞虎咽吃起来。书上说，两只猫咪不能在一只碗里进食，应该分开。我家猫咪习惯在一只碗里进食了。他们进食的时候是和平的、谦让的。在进食的时候，老黑脖子伸长了，会盖住下面的食物，大黄会用头顶开老黑，老黑不气恼，索兴换个位置。有时候，大黄占着一块食物吃得正香，老黑把嘴巴伸过来，两只猫咪会你一口我一口地撕扯着把那块食物吃掉。两只猫咪，你来我往，你谦我让，从来没有因为争食动过手，打过架，表现得相当文明礼貌呢！嘿嘿，这么文明谦让，是不是超越了我们人类呀！

看着猫咪进食，是十分享受的！大黄刚来家的时候，有一个坏习惯，喜欢从猫碗里叼一口食物，躲在一旁进食。后来，这个坏习惯慢慢改掉了。因为没有谁和她争食，老黑以宽宏大度的实际行动给黄猫咪做了榜样。

十三

春节过后，大黄叫春了。只叫了一天就不叫了。我和太太天天观察、研判，甚至争论猫咪会不会怀孕。翻看猫书，也拿不准。儿子也加入进来，他从网上看了别人写的饲养猫咪体会，推测说老黑可能不会交配，说是要由老猫教才行呢！我打趣说他，小毛孩，啥也不懂，这个还用教吗？虽然反驳他，但是心里也拿不准。毕竟我们不是猫，不懂猫语，也没有看过两只猫咪亲热的情景。

过了一段时间，大黄饭量大增，看到来人就躲开了，过去攀爬跳跃的活跃动作不做了，取而代之的是恬静。她的肚子一天天变大了，显怀了。

老黑与大黄虽然没有举行仪式，也没有领证，但是他们结合了，成为伴侣成为夫妻，并且繁殖了下一代。为猫咪的爱情高兴。

我在想，以后小小猫咪长大了，会繁殖更多的猫咪吧，也会产生更多的猫咪爱情吧！

十四

上午 11 点 20 分左右，太太打电话说大黄生小猫咪了。我赶紧在食堂简单吃完午饭，让司机送我回家。到家时，大黄已经生了三只小猫咪了。

太太找来两只泡沫箱，里面铺上旧布料以及报纸，搭了一个简易产房。产房是竖着放的，后面对齐，前面敞开，上面盖上沙发垫，形成一个封闭的环境，适合猫咪生产。

大黄的肚子不停地蠕动，小小的脸上湿淋淋的，看到我们观察她，冲我们喵喵叫，不知是反对我们观看呢，还是表示她的疼痛？她转过身，一个胞衣（胎盘）从屁股后面掉出来。一层薄薄的透明的胞衣，里面有一只小猫咪。大黄用舌头舔着胞衣，舔着舔着便把小猫咪从胞衣里解脱出来。有人说，猫咪的胞衣是难得的珍品，叫紫河车，有药用价值。我从书上看到，猫咪生产消耗很多体力，吃了胞衣，身体会恢复得很快。

当大黄生下第四只小猫咪时，胞衣掉在一边，我伸手捡取，摸了一下胞衣，软软的，滑滑的，有半个巴掌大，有胶质感。另一头是不太长的脐带。母猫用嘴咬着脐带，胞衣在我的手上。大黄不松口，我不与她争夺，松开手，看着她把胞衣吞下。我的手指沾上了一些血红，腥气很重。

大黄生下小猫咪后，用舌头不停地舔小猫咪的身子。小猫咪身上的黏液被舔得干干净净，蠕动着，一副生命力顽强的样子。大黄不停地叫着，喘着气，湿着头，出着汗，蠕动着肚子，痛并快乐地生产着。

3 点 40 分，大黄结束了生产。一共生了六只小猫咪。两只与父亲一样的黑色，四只与母亲一样的虎皮色。生六只正正好好，母猫有六只奶头，刚好一只猫咪一个。六六大顺，是个吉利的数字。

十五

大黄生产时，是在阳光房里，没有让老黑进来。他可能感觉出什么了，闹着要进屋，很少喵喵叫的他，这天喵喵叫个不歇。他看从大门进不来，就跳到窗台上，可是窗纱把他挡住了。他急得不得了，在外面仍是叫个不停。我对太太说，放他进来吧，让他感受一下老婆的生产。

他进入阳光房，伸嘴与大黄亲吻了一下，并关爱地用鼻子闻了闻大黄湿漉漉的身子，用舌头舔了好一会儿，在我们面前大秀恩爱。然后，老黑小心翼翼，向产房缓慢地一步一步地走，头向里面张望了一会儿，便慢慢退步回去。

大黄生产后，喝了很多的糖水，吃了鱼和虾。真了不起，生了六只小猫咪，还能走来走去要吃要喝。大黄对我和太太观看小猫咪，给予了友好放行的态度。我们走近小猫咪，她不紧张，也不用抵抗的叫声反对。

我给大黄喂虾子，老黑站在旁边不来争食，等大黄吃完了，他才走过来吃剩下的食物。大黄回到产房里守着小猫咪，老黑自己找个地方躺下了，再也不能像过去那样搂着大黄亲热地睡觉了。大黄有了新爱——刚刚生产的小猫咪。老黑失去了大黄温暖的身子，闻不到她的气息了，有些落落寡合，晚饭没有吃下多少。过去他是和大黄一块吃饭的，这个待遇今天开始暂缓执行了。

女人生了孩子，爱就转移了，转移了多少，虽然还没有研究出来，但是可以肯定地说，转移是有的。老黑今天特烦燥，挺暴力的，在我抱他的时候，他咬了我手几口，多亏他是假咬，如果真下口，还不知手上要添几块新痕呢。我在想，老黑看到新生的小猫咪是不是有些手足无措呢？

十六

早上离开家时，到楼上阳光房看望猫咪们。

老黑看到我上楼，急忙从阳光房外跑进来，绕到我腿边，蹭了两下。我抱起他一同去看大黄和他们的孩子。大黄在育崽室给小猫咪喂奶，看到我掀开门帘，冲我直叫。真是惭愧，不懂猫语，不知道她表达的是生气还是骄傲呢？我理解是反对我的闯入吧。放下门帘，也放下老黑。我推着他，让他去看望母猫和孩子。他不肯向前，回头用嘴巴来攻击我。我把他按倒，他就仰面朝天，伸长手脚与我缠斗。我不理他，站起身来，做准备走向育崽室的动作。老黑抱着我的脚，伸嘴含咬。呵呵。我的老黑，有男人般的情怀。他明白家里发生的大事了。他要承担与母猫一块保护孩子的责任了。我不再与他缠斗，关上门，下楼了。

猫咪的早餐是丰盛的。用煮好的鱼和大虾拌上白米饭，浇了一些鱼虾汤。当我端着猫食来到阳光房，大黄看到我就赶紧从育崽室出来，朝我友好地喵喵叫了两声，算是打了招呼。老黑也跑了过来。我把猫食盘（我们已经把猫食碗换成大盘子）放在水龙头下冲洗干净，把拌好的猫食放上。大黄走到猫食盘边开始大口大口地进食。最为感动的一幕出现了。老黑并不走近猫食盘，而是在盘子周围绕来绕去，许是美食诱惑太大了，他害怕被诱惑，干脆躲到阳光房里的藤条沙发上，埋头用舌头梳理他的体毛。其实梳理体毛的时间不到，一般情况下是在用过餐之后，今天他把这一程序提前了。猫咪知道疼爱和礼让了，了不起！我心里头暗暗给老黑竖起大拇指。大黄吃完了，开始梳理体毛了。老黑还没有吃饭的意思。我把他抱到猫食盘前，他闻了一下，开始狼吞虎咽起来。

在大黄怀孕的日子里，我看老黑有了变化。在进食的时候，他总是让大黄先吃，等到大黄吃上一小会儿的时候他才过来，表现得相当谦让和关爱。每次看到这个情景，我会俯下身子，用手抚摸老黑，意思是表扬他，是纯爷们，懂得对母亲的照顾和关心，值得尊重。虽然是动物，同样可以享受伟大这个词。现在母猫生产了，他表现得出奇优秀，让我们人类汗颜！他总是等母猫进食结束，才开始进食。过去一般都是两只猫咪并头进食，恩恩爱爱的。现在大黄回到育崽室给小猫咪喂奶了！他独自进食，身影有些孤单，有些寂寞，看着有些心酸。老黑进食结束，也不轻易进入育崽室去看望母猫和孩子。

他没有目标地在露台上闲逛。

十七

猫咪是有灵性的动物，西方的电影在表现幽灵时，喜欢用猫表现。猫咪愈夜愈疯狂的夜游性，卓而不群的高贵，孤寂傲慢的品性，决定了猫咪有异于其他家养的动物以及牲畜。

猫咪身子娇小，叫声却是尖利的。如果把体重与叫声换算成数学的比率，猫咪的叫声算得上重量级选手，凄厉高亢的声音，超过身体多个倍数。

猫咪的反应是敏捷的，如闪电般。尤其是夜晚的时候，突忽跳跃，幽灵般出现，给人一种恐怖感。

猫咪长得十分可人，让人感觉可以亲近，那是因为他长得小巧。其实他的长相是百兽之王——老虎的压缩版，有着与老虎一样锐利的牙齿和爪子。凶猛的老虎被列为猫科，说明猫与老虎是一个族系。猫咪是降鼠高手，因此得到人们的宠爱。

猫咪与生俱来的能力决定了个性。被人类所驯良的狗、马、牛、羊、猪……日益被人类所利用，而猫咪却不，不接受驯良，不听使唤，完全是我行我素，独来独往。在动物表演中，有猴子、狗，甚至有猛兽老虎、狮子、大象，却从来见不到猫咪的身影。

不合群，你能够看到的猫咪都是形单影只。你看不到成群的猫咪出没，而其他动物做得到成群结队。猫咪一副高贵的样子。虽然也跟人亲近，但是总会保持一定的距离，并时时刻刻保持警惕。

猫咪是个神秘的家伙，总在你不留意的时候出现。

是的，动物具有与人类一样的情感，只是不会表达，不会写书，所以没有流传下来。作为动物中高等级的人类，有必要关注亲近它们。通过了解它们仍保留着的原始本能，反思我们的生活，激活已经沉睡着的情感。

人类的生存因为受到的约束太多，以至于失去了原本最为本色的、最为真挚的、最为原始的情感，常常表现得麻木、伪善、冰冷、狭隘、贪婪……动物有爱，人类更需要爱。活在世间，那么短暂，还原最为原始、最为本色、最为真挚的情爱，生命会更加瑞丽，更加精彩。

十八

母猫生育了六只小猫咪，需要增加营养了。生宝宝那天，我们给她煮了两条大鲫鱼和二十几只对虾。用剪刀把虾子去壳剪碎，用筷子把鱼骨头和刺剔除，搅和成糊状，盛在一只保鲜盒里，放进冰箱，这是猫咪的主打菜。每次给猫咪喂食时，将主打菜伴上少许米饭，加上汤汁，用微波炉加热，就可以端给猫咪了。

母猫生产后，饭量没有怀孕前大，但是吃的次数增多了，一天要吃四至五次。我们除了准备高蛋白食物外，还从超市买了火腿肠、牛肉干、鱼片等，在正餐之间，喂上一些零食给她。月子里猫咪的伙食，重在蛋白质的增加。老黑跟着大黄沾光。虽然他仍然谦谦君子一样地礼让母猫进食，但是每次母猫吃剩下的食物，他会风卷残云般吃个干净，有时候把食盘舔得干干净净，像洗过的一样。

咱不懂得猫咪的心理，不知道老黑知道不知道自己做了爸爸。他有时候来到育崽室，都是站在门口，像是小偷一样，把脖子伸得长长的，身子并不进去，怕打扰小猫咪们吧。看上两眼，赶紧逃走。那个逃跑的背影十分的搞笑。看自己的子女，搞得神神秘秘的，完全没有父亲的样子。

十九

书上说，小猫咪要九天才能睁开眼睛。小猫咪中有一只睁眼睛了。才五天哟。

大黄是个称职的妈妈。我们的喂养也是对的。小猫咪现在一天比一天强壮了呢！每天看着他们在妈妈身下拱来拱去的，十分好玩。

第九天了。六只猫咪都睁开眼睛看世界了。小猫咪的眼睛睁得不大，不像成年猫咪那么滚圆好看、那么闪亮。还不能站立起来，前行时不再是蠕动身子，而是用前爪爬来爬去。有时候，调皮的小黑猫咪会爬过门口，来到育崽室外。大黄看到了会用嘴把他叼回去。

平时小猫咪们睡觉的时候多，他们喜欢你挨我我压你地睡，很少独自睡觉。他们的妈妈每次回窝，都会发出十分柔和的喵喵声，与平时向我们讨食的声音截然两样。她发喵喵的声音时并不张开嘴巴，像是从鼻子里发出的低而深沉的声音。我喜欢唱歌，我知道这是优秀的歌者才会有的发声方法呢！总之，母猫对孩子的叫声有一种亲和力，听着特别入耳。

母猫进了猫窝，不停地用舌头挨个舔小猫咪的身子，尤其是舔他们的屁股。小区的朋友告诉我们，小猫咪排泄的粪便每次都被母猫舔干净了，因此小猫咪身子一直是清清爽爽的，没有异味。是的，猫窝里始终干干净净的，看不到粪便和尿迹。猫咪，真是懂得卫生的令人亲近和佩服的宠物。如果换成其他动物生育，不知这个窝要埋汰成什么样子呢？

二十

人有人话，猫有猫语，跟他们相处时间久了，有了一些体会。

母猫在生产时，看到我走近她的产房，会把嘴巴张得大大的，发出单一的相当大的叫声，几乎是全力发出的。平时她在喂奶时，看到我和家人走近，也会发出叫声，但是分贝小于生产时，声音中不再含有怒气，有骄傲的成分在里面。听到她的叫声时，我会配合她的叫声，喊她的名字。一声高一声低的，十分的有趣。她在讨食时，会主动在我们的脚前腿后绕来绕去的，叫的声音有企求的意味，声音不高不低，连续性强。

母猫叫小猫咪的声音是天下最好听的声音，柔柔的，绵绵的，她一发声，小猫咪就知道妈妈来了，不再酣睡，爬起来，跟妈妈亲热开来了。

母猫与公猫在一起的时候，行动多于语言，一般都是公猫舔母猫的脸，并发出亲昵的声音，母猫也以亲昵声音配合着。

二十一

下午，大黄把小猫咪从窝里叼下楼，藏在我们的主卧室的床单底下，她一共叼了两只，把我们的卧室当成她的新猫窝，反客为主了。这可是个大问题。我和太太观察了大黄的行为后，决定还是把两只小猫咪送回了窝里。

晚上 9 点多钟，大黄又把小猫咪一只一只地从阳光房的猫窝里叼下楼，这次她把小猫咪放在了贮衣间的柜子里。叼六只小猫咪下楼，是项繁重的体力劳动。大黄每叼一次，都累得呼呼喘着粗气，肚子一开一合的，在地板上要躺上一会儿，然后再上楼。母猫叼小猫咪，都是叼小猫咪的后脖子，用力相当讲究，所以不会伤着小猫咪。猫咪是够聪明的！

猫咪怎么了，怎么突然挪窝呢？上午，小区里有人家结婚，断断续续地放鞭炮，会不会是母猫觉得不安全了，需要找个安静的新窝了呢？她现在找的新地方是我们放衣服的地方，在房子的中间，是相当安静的。

母猫叼小猫咪到贮衣间，引起老黑的注意，他守在贮衣间的门口，像一只看家狗一样，看护着小猫咪们。

小猫咪入住贮衣间，给我们的生活带来不便，我们穿衣服会惊扰到他们的，再说猫咪上厕所怎么解决？我们不可能楼上楼下大门敞开的。我和太太决定还是将他们送回老窝里。

晚上洗过澡，我到贮衣间找到小猫咪。衣柜里只有四只小猫咪相互依偎在一起，大黄和另外两只小猫咪不见了。我以为大黄理解了我们的苦衷，把小猫咪主动送回到猫窝里去了呢，心里暗暗窃喜。忽然看见衣柜帘布动了一下，拉开一看，大黄从里面滚了出来，另外两只小猫咪躺在更加隐蔽的放鞋的隔柜里。大黄可能觉得这个更加隐蔽的地方才是安全的地方。她才叼了两只小猫咪，另外四只没有来得及呢。

我拿起鞋盒，把六只小猫咪装了进去，大声喊着大黄的名字，朝楼上走去。她跟在我的后面，喵喵叫着。我把六只小猫咪放进猫窝里，把大黄也抱进猫窝里。对她说，他们的家只能在这儿，主人房间是不能当猫窝的。

大黄不理我说的那一套，她把小猫咪叼出来，向通向楼下房间的门口走去，一看门关着，进不去了，便把小猫咪放在地上。回头到窝里，又叼了一只，看看门还是没有开，又把猫咪放在门口。我把两只小猫咪放进盒子，送回猫窝。大黄喵喵叫着，跳到我坐的沙发上，朝我拱来拱去，意思是让我开门，放她进屋。我不理睬她。她看我没有反应，又回到窝里，叼出一只黑色小猫咪，在我的面前走来走去，像是一个上访户。意思是如果不让他们进屋，她就不放下嘴里的小猫咪，态度十分坚决，逼我让步。我站起身，把小猫咪从她的嘴里解下来。她冲我喵喵叫。我用手抚摸她，跟她说话，告诉她，楼下是主人住的地方，不适合当猫窝的。因为猫窝设在那里有很多不便，比如猫咪的卫生问题，阳光房的门不能关闭带来安全问题，一边跟她说话一边用手抚摸她，我不管她听懂没有，我一直对她说个不停。

大黄像是听懂了我的话，不再烦燥了，安静了许多。当我把小黑猫咪放入猫窝后，她没有再叼小猫咪出来。

我和太太找了一块厚布当门帘，挂在猫窝的门口，又把猫窝四周用线毯包裹，减少外界的嗓音，又把沙发推到门口，在沙发上再盖上布料，让猫窝整个暗下来，形成多个层次的隔间设置。我猜想，这样会让猫咪有安全感了吧。

给太阳能热水器上完水，我们熄灯下楼。虽然入睡，但是心里还不那么踏实。第二天早上一起床，便上楼看猫咪，看见大黄像往常一样听到声音便跑到门口迎接我，我心定了。上了楼，看见小猫咪们睡得酣酣的，我开心地笑了：猫咪搬家的风波结束了。

二十二

产崽 25 天。

我在给大猫咪喂食时，猫崽中的老大走到食盘旁边，把嘴巴伸到食物中，吃起饭粒来。事前我在网上查问，说是猫崽出生 35 天以后才能进食。猫崽才出生 25 天，还差 10 天呢，提前 10 天进食——说明猫崽身体发育超乎寻常得好呢！

为了让猫咪们吃好，我去菜场买了很多冰冻对虾（虾类中冻对虾是便宜的了，每斤 13 元左右），每次取一些出来，化冻后用剪刀把虾子剪碎；把鱼煮熟后，用筷子把鱼骨头挑出来，把肉打烂。主打食物准备好后，加上少许水与熟米饭搅和成稀流状，猫食便做成了。

看着猫咪进食是件快乐的事。老黑和大黄与猫崽们在一个大大的盘子里进食，嘴巴都伸进食盘里，大口大口吞食食物，画面十分拉风和唯美。如果放在短视频社交平台上，肯定红了。

猫咪进食很文明，不像狗为了争食会打架，而猫咪进食从不打架。

如果一只猫咪进食看到食盘前面有猫咪，他就会绕到另一侧，轻轻地把头伸过去。

猫咪进食安静，几乎没有声响。老黑和大黄是大猫咪了，吃东西的时候喜欢伸出长长的舌头舔食，小猫崽舌头没有那么长，所以会把嘴巴拱到食物里吞食。进食后，小猫崽们都有了一个标志——油黑的鼻尖！样子十分好笑。大黄刚到我家的时候，鼻尖是黑的，我以为她是天生的黑鼻子呢！后来给她洗澡，才发现黑鼻子是假的，是食物凝结物。

时间过得真快，转眼间猫崽来到世间快一个月了，从只会拱到妈妈的怀里吃奶，到独自进食，他们长大了。他们不但会进食了，而且还会到猫砂里上厕所，猫咪从小就开始讲卫生了。

有了猫咪，即使放假，我们哪都不能去了，只能留在家里陪着猫咪们了。猫咪让我们的生活过得简单。

二十三

要送走一只猫咪了，前几天我在网上发了贴子，有人联系领养猫咪了。

早上出门，顺手抓了一只猫咪，一看是老六，最小的一只，是嗓门奇高，喜欢喵喵叫的一只。

来到办公室，他一直叫个不停，我们这一层办公室都听到他的叫声了。当同事过来看情况的时候，他停止喵喵叫，用怯怯的眼神回敬大伙，没有害怕和胆怯的意思。当然他搞不清楚我为什么把他弄到这，让他离开母亲的怀抱，离开兄弟姐妹的温暖。等我的同事走了，他又开始高声叫着，是向我抗议吧。

心里有些酸酸的，真正送猫了，却是舍不得。毕竟养了他们快两个月了，有感情了。小猫咪从出生以来，我们天天见面，天天相处，猫咪给我和家人的生活带来了快乐，带来了劳动，带来了牵挂。送猫，迫不得已，六只小猫咪，加上两只大猫咪，八只，是多了。现在虽然露台上随时可以见到猫咪的身影，生动活泼的气息充满了我们的生活，但是随着小猫咪的长大，他们越来越淘气了，邻居已经有意见了。把可爱的小猫咪送给喜欢养猫咪的人家是迫不得已的选择了。

领养猫咪的是一位张姓男青年，是为了讨好喜欢猫咪的女朋友而来讨猫的。

我给猫咪做了一份档案：

猫咪档案

虎皮花狸猫，生于2009年4月29日下午。排行老六。公猫。未用名。嗓子好，声音高，进食良。

猫咪食谱：主食：虾子、鱼。用剪子把煮熟的虾子去壳剪碎，拌上米饭。一日两到三次进食。副食：猫零食，网上可以买到。

水碗一只。

卫生设备：猫砂盆一只。定期清理，培养良好卫生习惯。

父母情况：父母都是田园猫，母亲纯虎皮色，父亲黑身白爪。

备注：刚刚给小小猫咪吃了一只大虾，吃饱了，现在睡在办公桌上。伸长身子，和爸爸一样的姿势，可爱极了。

二十四

半夜起夜后，一时无法入眠。窗帘黑乎乎的，离天亮还早。辗转反侧，不知不觉又沉入梦乡。

早上醒来，我推推太太，对她说，昨晚我梦见猫咪了。她问，真的？我说是的。我说，传说猫常常会知道人的内心想法，他们知道我准备把小猫咪送走了，就来我的梦里了。太太问我梦到了什么。我说，梦到我一个人去一个地方，不知什么时候，老黑跟在我的身边，像一只忠诚的狗，紧紧跟随，我走哪儿他就跟到哪儿。我来到一户人家，他家养了好多鳄鱼，其中一只长相十分吓人的鳄鱼，张着大嘴冲向我，吓得我直往后退，脚一滑，踩到了另一只鳄鱼的尾巴上。那只被踩的鳄鱼愤怒地扬起大口扑向我。在紧急关头，老黑从我的身边闪电般地一跃，用爪子猛击扑过来的鳄鱼的眼睛，鳄鱼赶紧退了回去。我撤回身子，离开险地。对老黑说，猫咪，谢谢你救了我。想不到的事情发生了，老黑居然讲话了。他说没什么，谁让你是主人呢？你是我永远的主人！我抱住老黑，说晚上的时候我还教训过你呢。他张开嘴，说，没关系的。老黑又说，能不能把小猫咪留下呀，我舍不得他们被送走。这个时候我醒了。

太太说，你这从来不做梦的人，居然也会做梦，而且还能够复述完整。我说是的，我睡眠好，极少做梦，即使做梦，第二天早上也是回想不起来梦的内容。

猫咪果真知道人的内心世界吗？

梦的世界也是一个世界。虽然我们生活在现实世界，相信看得见的东西，但是看不见的世界是存在的。我们确实要相信有看不见的东西，冥冥中它是存在的，是值得我们珍惜的。

晚上，我到露台上运动。看见老黑在露台上快乐地跑来奔去的，便有了亲近亲近他的冲动。招呼老黑来到身边，把他小小的身子紧紧贴在我的前胸。露台清凉，夜色深沉，感觉身上衣服单薄了，但是与猫咪紧贴的胸脯是温暖的。我不觉得有凉意，因为有一只温暖的“小皮草”在持续给我供热。